2016年度浙江省社科联社科普及重点课题"网络文学常识——领导干部学习读本"(编号:16ZD15)最终成果

2016年度杭州市文化精品工程扶持项目"中国网络文学常识与趋势"最终成果

2020年度教育部人文社会科学研究规划基金项目"网络文艺新型文艺特征及其评价体系研究"(编号:20YJA760088)阶段性成果

中国网络文艺的常识与趋势

(领导干部读本)

夏 烈 著

浙江工商大学出版社
ZHEJIANG GONGSHANG UNIVERSITY PRESS

·杭州·

图书在版编目(CIP)数据

中国网络文艺的常识与趋势 / 夏烈著. — 杭州：
浙江工商大学出版社，2020.8

ISBN 978-7-5178-3981-1

Ⅰ. ①中… Ⅱ. ①夏… Ⅲ. ①互联网络—文艺学—中
国 Ⅳ. ①I207.999

中国版本图书馆 CIP 数据核字(2020)第 129729 号

中国网络文艺的常识与趋势
ZHONGGUO WANGLUO WENYI DE CHANGSHI YU QUSHI
夏　烈　著

责任编辑	张晶晶
封面设计	吴　杭
责任印制	包建辉
出版发行	浙江工商大学出版社
	(杭州市教工路 198 号　邮政编码 310012)
	(E-mail:zjgsupress@163.com)
	(网址:http://www.zjgsupress.com)
	电话:0571 - 88904980,88831806(传真)
排　版	杭州朝曦图文设计有限公司
印　刷	杭州宏雅印刷有限公司
开　本	787mm×1092 mm　1/32
印　张	7.875
字　数	106 千
版 印 次	2020 年 8 月第 1 版　2020 年 8 月第 1 次印刷
书　号	ISBN 978-7-5178-3981-1
定　价	42.00 元

弁　言

　　这本小书是我近些年各处宣讲中国网络文艺主题的核心内容。所以,三篇正文就是讲演的整理稿,存有很多口语和现场的印记。又因为除了中国作协鲁迅文学院的网络作家班,其余的受邀场合大都在省市一级的党校、宣传部、文联和作协的各色干部、青年骨干、文化思想领域管理者,以及文艺各门类创作者和组织工作者的培训班上,要尽量照顾大家对于网络文艺的一般认知和兴趣,我就把讲演重点放在常识和趋势上,以社科普及为目的——这本小书因此可以被冠上"领导干部读本"这一补充标识。

　　在以"新时代网络文艺的发展与趋势""网络文学 20 年与'浙江模式'""20 年媒介环境与文艺批

评"等为题至各地做宣讲时,我因为 12 年前在工作上与网络文学诞生的缘分,事实上是有一种传播新知和祛除偏见的愿景和责任感的。对于社会文化与文艺创作、传播上的新生事物、新生现象,大家的理解和立场往往不一,但我觉得热爱生活和历史经验是支持我们积极解读并介入网络文艺,并在网络文艺方面有所作为的基本动力。从研究网络文艺中获得的学术空间、思想空间、新鲜的问题意识,能让我们抓住难得一遇的当代契机。现实生活中,网络文艺早已成为人民群众喜闻乐见和国家文化顶层设计的时代文艺主流之一。

在这些网络文艺主题讲演及普及工作之外,我的偏于学术研究和现场批评的成果,此前已经通过《观念再造与想象力重建》(北京大学出版社 2017 年版)、《网络文学的新传统与未来性》(杭州出版社 2019 年版)两书加以结集,感兴趣的朋友可以从这两本书的专门文章中做综合的了解。

此外,这本小书是浙江省社科联社科普及重点课题、杭州市文化精品工程扶持项目的最终成果,同时也是我主持的 2020 年教育部人文社科规划基金项目"网络文艺新型文艺特征及其评价体系研究"的阶段性成果。书稿整理方面，首先有赖专家好友《山海经》杂志总编毛晓青女士的帮助，杭师大艺术教育研究院的硕士生钱安仪、董佳慧参与了名词注解，书稿编辑出版则由浙江工商大学出版社任晓燕主任、责编张晶晶辛苦完成，我的助理田璐和许静为图书的最终付梓也做了不少工作，在此一并致谢！

2020 年 7 月

目　录

第一讲

新时代网络文艺的发展与趋势

　　网络文艺这个词，有些人可能感觉陌生，但网络文学这个词大家就熟悉多了。网络文艺和网络文学一字之差，顾名思义就是与互联网有关的文学艺术创作。1998 年到 2018 年，中国网络文学 20 年，网络文学这个词使用的年头长、频率高，各类媒体报道都会涉及。这个词是从网络文学的组织者、创作者和媒体使用中日渐生成的。它不是一个从上到下的词，从某种意义上来说，它是一个从下（民间创造）到上（顶层采用）的词。它不是从国家意义层面先定位、先命名，而是通过民间智慧慢慢形成之后，约定俗成的一个词。

　　和网络文学一字之差的网络文艺，为什么大家感到相对陌生呢？首先，这个词比较晚近，并且是由中央文献定下来的。2015 年,《中共中央关于繁荣发展社会主义文艺的意见》①公布的 6 个部分 25 条中,里面有一个条,叫作"大力发展网络文艺"。基本说明网络文艺包括了网络文学、网络影视、网络综艺、网络演艺等方面的内容。所以网络文艺和网络文学虽一字之差,但是这个词具有真正的政治文献学意义。如果你对这个词很陌生,那就是你太不关心中央政策文献了。

互联网处境与 21 世纪中国文艺的转折

过去中文系的学生看的一些文学作品,大多是通过高校中文系的教科书、课程来框定的。比如说

---

① 《中共中央关于繁荣发展社会主义文艺的意见》(以下简称《意见》),2015 年 10 月 19 日由新华社全文播发。这一文艺发展的顶层设计,既体现了马克思主义文艺观的一脉相承,也彰显着强烈的中国特色与时代特征,为进一步繁荣发展中国特色社会主义文艺事业勾勒出清晰可行的路线图。《意见》分为 6 部分 25 条,包括:做好文艺工作的重大意义和指导思想;坚持以人民为中心的创作导向;让中国精神成为社会主义文艺的灵魂;创作无愧于时代的优秀作品;建设德艺双馨的文艺队伍;加强和改进党对文艺工作的领导。

中国文学、外国文学,中国文学里又包含古典文学(古代文学);而在现当代文学领域,一般现代文学专门有一门现代文学史,当代文学又有一门当代文学史。当代文学最切近的一个源头是20世纪70年代末开始的伤痕文学、反思文学、改革文学,然后是先锋派、寻根派、新写实主义等,这些共同构成了当代文坛的一个序列。现在大学里的当代文学课程,可能老师教到余华就完成了他的教学任务。因为他大概把一个文学史、一个文学观、一个文学结构讲清楚了。过往认为的在现当代文学里,比较牛的,比较上档次的,比较高大上的作家作品就是这些了。

现在看,从草根、边缘开始的文学板块的地壳运动,自20世纪末至今一直发生着。一个事实是,从党政的文化宣传部门到大量的青年人,包括初高中生,统统都在跟网络文学、网络文艺发生关系。哪怕嘴上不说,课上不教,但是他们也都在阅读、接受、消费,手机上使用的也都是跟网络文学、网络文艺有关的软件。20年下来,静悄悄的一场革命到今天其实已经如火如荼，不得不搬到台面上来谈。而且我们要把它当作时代重要的文艺，甚至是主流文艺、核心文艺来谈。这种变化跟地壳运动是一样的。板块交叉碰撞，急剧扭曲，形成了重构的局面。

作为一个普通读者，我们的阅读尽可以是自由的、随意的、个性化的，爱看谁看谁。爱看余华看余华，爱看村上春树看村上春树，爱看唐家三少看唐家三少。同样影视剧也是这样，像2018年从暑期档开始，爱宫斗剧的可以看《延禧攻略》，爱改革开放题材的可以看《大江大河》，《大江大河》完了马上来一个宅斗剧《知否知否应是绿肥红瘦》……。

像一些女频作家开始的时候会写一些耽美类的小说——耽美类小说是网络类型小说里很重要的一个门类。"耽美①"这个词简单来讲，可以说体现了我们时代审美的一种变化，大众（尤其是女性）

---

① 耽美出自日语（たんび），在日文中的发音为 TANBI，在中文中读作 danmei，原意是指唯美主义，后经中国台湾演绎，变成 BL 的代称。从表现形式上讲，耽美与 ACGN 有关系，所以多指二次元的男性恋爱。

审美的一种变化。耽美小说的大致内容就是女性喜欢看的花样美男之间的暧昧故事。为此，出现了一大批让女同胞 YY（意淫）的小说，但这并不是一个贬义词，比如四大名著之一的《红楼梦》也是带有意淫色彩的小说。可这毕竟跟我们常见的、现实社会认同的公序良俗存在差异，属于个性化、部落化的需求，这也就造成了耽美类小说在网上可以发表、传播，但不被允许出版，也不被允许直接影视改编的局面。耽美作家同样可以有很好的文学功底，她们也可以同时是优秀热门的言情小说、都市小说的代表作者，从而浮出水面。所以说，网络文艺其实是相对自由的，无禁区的，这比较符合艺术的性格，理论上讲可以滋生出独特的时代文艺精品。

中国的互联网从 20 世纪 90 年代中后期开始它的民用和商用道路。在 1995 年、1996 年之后，互联网进入中国老百姓和企业的生产生活中，成为我们生产生活越来越重要的一个部分。进言之，如今谁能离得开互联网？谁能离得开 PC 端和手机？将来随着信息技术、人工智能的发展和提升，这种互联网的应用只会越来越深度化,就仿佛上几个世纪嵌入全球人类生活的电网、建筑、交通等基建一样,互联网是我们生产生活的一个必需,大众离开它就没法生产生活了。所以在这个意义上,文艺在里面大量地生成、生产,发生作用,成为我们必然遇上、也必须面对和解决的问题。

在这 20 余年的发展历程中,我用下面三组词来概括互联网与我们的相遇。

一,媒介赋权。核心是媒介。媒介问题可以有不同程度的表达,有人叫媒介转型,有人认为是媒介革命。而实际上,互联网在我们生活工作中的存在实现了另外一个层次的媒介赋权:因为一种新的媒介的产生,给予很多人新的权利。过去,首先你要在专业领域有所贡献,你才能被赋权。像教师的教书育人,教师用自己的专业精神、自己的教学和科研才华,不断精进,不断实践,然后有所提升,成为国家级名师,这都是因为你在专业领域长期下功夫,做出了贡献。我们讲,有位须先有为,你在自己的工作领域要先有为才有位。但媒介非常有趣,一个新的媒介插进来之后，你不但可以掌握它，而且还能用它创造一些新东西，这样你便有了新的权利。过去领域的权利可能不能施加于你、控制你，因为你可以自己利用新媒介营造创制一个权利的界面。也就是说，互联网赋予一批人权利，这种权利既不是政治组织给他的，也不是他原来传统专业领域、专业单位给他的，而是因为有了互联网，他在互联网上"折腾"、创新、活用，靠才华去想象和创造而获取的。

最典型的就是我所在的单位——杭州师范大学最有名的校友马云。现在他不光是杭师大的骄傲，而且是浙江的骄傲、中国的骄傲，他站在世界的舞台上发声、建构。马云真正抓住的是什么？我认为其基础是抓住了一个媒介机遇，他通过这个新的媒介——互联网、电子商务，获得了一个重新给自己权利、创造权利的机遇期。这就是我讲的媒介赋权。一批搞文学艺术的甚至是一批非专业的、业余的草根选手抓住了互联网媒介机遇的窗口期，也可以从底层一下子翻到面上、顶上，成为拥有时代话语权的人物。

二,文化创意产业。20 年的互联网生活通过市场化,带动我们对网络文学、网络文艺的极大的喜好,更产生了极为可观的消费力。改革开放以来,我们讲社会主义市场经济,也就是说社会主义也是有市场的,社会主义也是要搞经济的,社会主义也要把市场经济甚至资本搞上去。这个意义上,在文化领域我们一定会有文化产业。现在中国的一些热词,差不多从 20 年前就开始讲了,比如"文化创意①",或者叫"文化创意产业②"(2019 年国家口径

① 文化创意是以文化为元素、融合多元文化、整理相关学科、利用不同载体而构建的再造与创新的文化现象。文化创意产业是指依靠创意人的智慧、技能和天赋,借助高科技对文化资源进行创造与提升,通过知识产权的开发和运用,产生出高附加值产品,具有创造财富和就业潜力的产业。

② 文化创意产业(Cultural and Creative Industries,简称CACI),是一种在经济全球化背景下产生的以创造力为核心的新兴产业,强调一种主体文化或文化因素依靠个人(团队)通过技术、创意和产业化的方式开发、营销知识产权的行业。文化创意产业主要包括广播影视、动漫、音像、传媒、视觉艺术、表演艺术、工艺与设计、雕塑、环境艺术、广告装潢、服装设计、软件和计算机服务等方面的产业。

一律统一表述为"文化产业①");又比如"文旅"，2018年中国机构改革，正式组建成立"文化和旅游部"，所谓文旅就是"文化＋旅游"，它在文化和旅游二者之间实现全面的化合，以实现更大的文化消费，让资本和市场来推动文化资源转化成旅游资源，转化成消费资源。所以也可以说，没有市场经济，就没有中国网络文艺。2018年改革开放40周年时，在各种各样的网络文学活动中，很多网络作家都会主动跳出来说一句话："没有改革开放就没

---

① 文化产业，这一术语产生于20世纪初。最初出现在霍克海默和阿多诺合著的《启蒙辩证法》一书之中。它的英语名称为Culture Industry，可以译为文化工业，也可以译为文化产业。文化产业作为一种特殊的文化形态和特殊的经济形态，影响了人们对文化产业的本质把握，不同国家从不同角度看文化产业有不同的理解。联合国教科文组织关于文化产业的定义如下：文化产业就是按照工业标准，生产、再生产、储存，以及分配文化产品和服务的一系列活动。文化产业是从文化产品的工业标准化生产、流通、分配、消费、再次消费的角度进行界定的。文化产业是以生产和提供精神产品为主要活动，以满足人们的文化需要作为目标，是指文化意义本身的创作与销售，狭义上包括文学艺术创作、音乐创作、摄影、舞蹈、工业设计与建筑设计。2018年5月，四家统计局和中宣部联合发文，将各种相关新概念统一为"文化产业"概念。

有网络文学。"也就是说,网络文学、网络文艺的这批从业者,其实都是市场化写作,是在为粉丝(Fans)写作,也是为自己的盈利目标而写,正是改革开放为其提供了这个大环境。

三,20 年中国网络文艺的变迁,对之争议最大的一个领域,恰恰发生在从事文化、文艺研究的高等院校及文艺评论界。不少博士、教授等有一定文化高度的人,觉得中国网络文艺从出生开始就不行,网络文艺从业者把作品做成产品,而产品质量总体上也不行。所以在这个群落层面,有一个比较狠的用词,就是"垃圾"。比如他们开玩笑说:"夏烈你高大上的文学评论不写,去搞网络文艺、网络文学研究,你不是在浪费自己? 不是在吃垃圾吗?"我有一次写文章就讲了,我说你们讲它是垃圾我也不反对,但是现代都市社会就是要垃圾分类的,现代都市就需要有一类垃圾分类的专家,我就是主要搞垃圾分类的。这话是为了应付同行,自嘲一下——网络语就是"自黑"——省得被他们骂得更惨。但实际上这个问题仍需认真的论争。我们使用的作品、产品，究竟如何评价？从传统的文艺标准来看，网络文艺的文艺品质、美学定位，肯定是有争议的。

这里推出一个词："浅人社会①。"这是一个不太常见的词。这个词是百年前胡适说的，五四新文学的时候，他在一篇文章里提出了该词，我做研究的过程当中觉得该词很值得重新发掘利用。胡适的意思是，晚清的时候中国有一大批畅销小说，比如说大家熟知的《官场现形记》《二十年目睹之怪现状》《孽海花》《海上花列传》等——其实现在回到晚清现场看是很有趣的，至少从创作上来讲，这些作品跟今天的网络小说很像，什么类型都风起云涌，而且还讲究大众传播率。晚清时，无论是侠义、公案、言情、官场、谴责、黑幕还是科幻、侦探，到处横流。

到了五四新文学时期，胡适这批海外留学的"海归"们，认为这些半个世纪前的半旧不新的东西要翻过去了，原来的作品不是全无价值，但是总体

---

① 胡适.胡适文存(第3集)[M].合肥:黄山书社,1996.

上没有什么大价值。比如吴趼人、李伯元的小说，本来写得不错，但是这个小说老是要考虑读者，要考虑卖的问题，迁就一些不甚有觉悟的消遣型读者，而这些读者正是中国社会的"浅人"。所以胡适那批海外精英一百年前就讲过，某些写作者本来不浅，但他为了卖得好就要写得浅。可以说，五四知识分子实际上也是在晚清的台阶上往上走了一步，但他们很快回头说这个台阶不行，因为这个台阶很浅，它考虑市场就错了。

一百年过去了，中国又回到这种争论中来了。面对"浅人社会"怎么办？面向"浅人"大众开放的网络文艺作品到底是不是好作品？或者知识分子需不需要去做这样的事情？这是争论最大的问题。但是我暂且不讨论这个事情，我只是想说，在互联网里大家是相对平等的，谁都可以在同一个平台上各自说各自的，各自创作各自的。实际上这是一个混杂的世界，我们在互联网上都有自己的一个身份，有一个 ID。所以在这个过程当中，精英和大众是不是能够决然区分开来？我觉得越来越难。我

们纷纷加入互联网创造的新世界，各尽其能地搞文
艺创作。但如果你心里觉得这不是一个机会，我看
就糟糕透了，这是自绝于互联网。所以我个人倾向
于把这20年理解为中国文艺创作的新契机。任何
一个平台、一种媒介，都谈不上一定是好的还是坏
的，一定是高级的还是低级的。最重要的还是参与
其中的人。人是平台或媒介的主体，参与的这个人
是高级的还是低级的，这是最重要的。

同样的，网络小说，有高级的，也有低级的。国
家有关部门每年都会打击大量涉黄、涉黑、涉红的
问题作品。涉黄又分为大黄文和小黄文，大黄文是
赤裸裸的顶级文、肉文，小黄文靠擦边球刺激你感
官，这些都是低级的。但是网络小说里，也有很多
可圈可点的精品力作，像是浙江网络作家阿耐，她
的两部现实题材的小说《欢乐颂》、《大江东去》(《大
江大河》原著)改编成的影视剧都获得大量观众的
追捧。像这样的网络作家，就是比较高级的。又如
2005年改编自网络小说的革命历史题材的电视剧
《亮剑》，男主人公李云龙不失伟光正，但关键是靠

个性、大胆的形象被大众接受喜爱，甚至打破了我们对革命历史叙事中正面人物的想象，所以在网络文学的生态里，这也是一部高级的作品。这样的网络文艺作品其实不在少数，值得我们专业工作者进一步提炼和研究。

网络文艺的"四新"意义

在互联网使我们的生活发生巨大的变化之后，我认为网络文艺至少在中国已经具备了四个崭新的意义：

第一，网络文艺是中国文艺发展的新方向；

第二，网络文艺是中国文化产业的新支柱；

第三，网络文艺是青少年思想教育道德的新阵地；

第四，网络文艺是国家意识形态塑造的新契机。

有些人不去想中国网络文艺的未来，总是从眼前看，觉得眼前的像抖音短视频这一类的东西太"屌丝"了，不能够称为中国文艺发展的新方向。但是实际上我们面对的是长期伴随着我们发展的一个媒介，一系列平台，一代乃至几代创作者，你不能按照现在去框架未来。比如有人说，小孩"三岁看到老"，这个讲法是有心理学根据的，但是你根据他3岁的时候偶尔做的坏事，就判断他30岁不会做好事，这是不对的。所以说网络文艺发展要看长远，看大势。

所以我认为，网络文艺是中国文艺发展的新方向。随着互联网时代的到来，20余年间中国网络文学艺术创作、生产、传播已经取得了飞速的发展和长足的进步，作品数量和质量大幅提升，产生了大量精品。就未来而言，网络信息技术、数字技术和人工智能技术都是大话题，也是政治家、科学家、企业家关心的，当然文艺家和这些也必然是有关系的。所以在未来技术与文化的一种复合性作用下，我们预计互联网文艺还将产生巨大的变化和深刻的影响力。

已有的网络文艺经过20余年发展，影响力、数量、质量都有提升。其中最典型的就是网络文学。

根据 2018 年 12 月的一个统计①,网络文学用户在中国已经有 4.32 亿人,占中国网民总体的 52.1%,其中用手机阅读的网络文学用户有 4.1 亿人。可以看出,网络文学是中国网络文艺 20 年里出现最早,也是最稳定的一个板块。网络影视、网络动漫、网络游戏、网络综艺、网络直播等,都是随着技术和审美的变化慢慢发展出来的,时间上都在网络文学之后。网络文学甚至证明了中国仍是一个读小说、读故事或者读文字写作的传统大国。但是网络文学的发展速率现在有所减慢,如果是出生于 1980 年以前的,可能还存有对文字的习惯或者说敏感性,但"85 后"尤其是"90 后""00 后"完全是视听的一代,他们是跟着影像成长起来的,他们更感兴趣的是影视产品、视听产品。所以网络文学发展速率的变换,实际上说明中青年以上这些人还是习惯读文字作品的,甚至有些人还会买一本网络小说的图书来

① 第 43 次《中国互联网络发展状况统计报告》2 月 28 日,中国互联网络信息中心(CNNIC)在京发布。

看,但更为年轻的一代则习惯于电子产品、数字阅读。

网络游戏这个板块的上升发展速率就远远高于网络文学。作为家长,对网络游戏常常是反对的,但是在全球的语境变化中,网络游戏生成了另外一个含义——电子竞技①。在 2018 年雅加达的亚运会上,网络游戏进入体育赛事的表演项目,虽说它跟乒乓球、羽毛球、田径还不是一个待遇,但至少跟武术是一样的,打游戏变成了搞体育。中国不但派队参赛了,而且获得了冠军。国内有很多青少年都是游戏用户,甚至是痴迷者。但是我们对游戏是管控的,这个赛事就没有办法通过公共频道收看到。结果青少年很不满意,他们也有理由:你看国

---

① 电子竞技(Electronic Sports)是电子游戏比赛达到"竞技"层面的体育项目。电子竞技运动就是利用电子设备作为运动器械进行的、人与人之间的智力对抗运动。通过运动,可以锻炼和提高参与者的思维能力、反应能力、心眼四肢协调能力和意志力,培养团队精神。电子竞技也是一种职业,和棋艺等非电子游戏比赛类似,2003 年 11 月 18 日,国家体育总局正式批准,将电子竞技列为第 99 个正式体育竞赛项。2008 年,国家体育总局将电子竞技改批为第 78 号正式体育竞赛项。

际都承认了,网络游戏是一个比赛,是体育,你连看都不给我看。同样在 2016 年,国家教育部名录里增加了一个网络游戏竞技类的本科,标准的名称叫"电子竞技运动与管理专业",学习游戏的基本技术和原理,使学生成为游戏竞技的高手,把他们作为一项体育竞技类专业人才来培养。我们看到,不同渠道对网络游戏的观点是不同的,虽然我们可以用区别对待来分口管理,但如何不妖魔化网络游戏仍然是一个问题。事实上,世界不是一成不变的,评价标准也不是一成不变的。原来的一个娱乐、消费的数字产业,有可能变成高大上的关涉综合国力比拼的分支项目。这就要看它的影响力,影响有没有大到使一套体系性的传统去做修改。它发展得越完备,玩的人越多,最后被资本、市场,以及有关组织肯定,这件事情就成了。很难说我们现在很多高大上的职业过去一定很体面,至少从历史上看不一定是体面的,但是经过几十年、上百年,乃至上千年的发展,这个行当也许就发展成了体面的行当。

2018 年年底,我邀请白先勇先生到杭州师范大学给我们师生讲了一堂课,差不多两个小时十几分钟,老先生一直站着给我们讲PPT,讲他如何发心去从事青春版《牡丹亭》,然后到现在他正全力以赴推广校园版《牡丹亭》;讲他怎么参与,怎么跟学生打成一片,受到哪些昆曲界朋友、前辈的帮助。可以说白先勇一个人,用他自己的IP重振了一部戏乃至一个曲种。其实这种事情在社会文化史当中是常见的,新中国成立以后,因为周恩来关于昆曲《十五贯》的两次讲话,一下子使昆曲回到我们的日常生活。也就是说,现在你以为高级的经典,开始的时候并不高级,但是一代一代像精卫填海一样做一件事情,不断有高级的人参与其中为它加持,这件事情就高级起来了。但是有没有同样做昆曲,却只能在乡村赚点小钱的? 也有,这就是一种生态。你不能说我只要高级,不要低级,这是不行也是不可能的。

然后讲一讲网络直播。我应该是学院派里看直播、研究直播比较早的。当时是因为有些直播网站的负责人知道我在做网络文艺研究,送了我很多虚拟币。然后我去看女主播,发现很多人喜欢跟她们聊天,但你要用支付宝购买虚拟货币兑换礼物她才有动力和你聊天,这就是一种商业模式了。这个过程当中,我突然意识到它有高级的地方,这个高级到现在还没有完全完成,直播网站还在经历市场和资本的淘洗,以及广电部门内容的监管审查。但是活下来、经营得好的直播网站,它有一个很高级的未来。

在这些网站平台上,人人皆可做主播,那些没有经过艺术训练的帅哥、靓妹们可以做主播,而拥有一定的艺术修养、有话想说也善于说的人也可以做"网红"。这就是说,以前我们想在屏幕前做一档节目,那只有电视台一个通道,电视台的资源是有限的,平台是有限的,窗口是有限的,还有各种各样的审查,很多节目出不来。说不定你是很有才华,结果电视台的制片说你才华不够、不登大雅,但今天通过直播这样的平台,你就可能脱颖而出,成为时代的"网红",甚至是高级的、文艺的"网红"。

最近,当红的平台抖音上,上海一个叫沈巍的流浪汉竟然被称为"流浪大师"。我看了他的各种视频，他讲的内容也高级，诗词或者《左传》《国语》，作为一个长期读书的文史哲爱好者，他是不错的，但是专业度毕竟是不够的。他从小就喜欢书，尤其是他发精神病、做流浪汉之后，一直在读书，别的流浪汉就是捡垃圾，他捡完垃圾就读书，读完书再捡垃圾。结果通过抖音，有人录了一段他聊《左传》、聊《春秋》的视频，发出来后，他居然被网民称为"国学大师"了。当年哪怕是钱锺书、季羡林都不说自己是国学大师，国学大师有专门的定义，我们现在是比较无知，觉得谈谈学术、搞点传统文化的都是国学大师了。那么容易把一个爱读书的流浪汉说成大师，这也是我们现在总体上很浮躁的表现。但我想说的是，至少在直播平台、短视频平台，每个人一个小窗口、一个小房间，你就能向世界说话了，这件事很了不起，可以让更多有才华的人脱颖而出；这也说明技术是民主的，它有民主基因。

网络文艺是中国文艺发展的新方向一：
网络文学创作的可能性

网络文学在中国，现在一般说是发展了 20 年，1998 年到 2018 年。其实不止。

我简单概括一下，1998 年开始有了一大批新兴作者，中国大陆的比如安妮宝贝、宁财神、李寻欢、邢育森、慕容雪村、今何在等，偏向于类型文学创作的蔡骏、江南、沧月、步非烟、匪我思存、萧鼎等，这些都是网络文学早期的作家。1998 年之所以被大家反复称作网络小说的一个重要的起点，首先是那一年还不是大陆的作者，而是中国台湾的一个作者，网名痞子蔡，写了一部小说叫《第一次的亲密接触》。痞子蔡在 1998 年写下的这部小说，瞬间广泛地在华语领域的各种论坛、BBS 传播。这是第一代讲网络时代爱情的小说，以男主痞子蔡和女主轻舞飞扬的网恋为故事核，有一种新鲜、幽默，结局又是悲情的流行调性。然后小说受到出版商，还有盗版商的关注——盗版当然是违法的,但有图书市场经验的人都知道,凡是被盗版的作家,代表他正版的版税也很高了,这一点今天的网络作家也如此,愈是粉丝拥趸多的网文盗版问题也愈严重。关于《第一次的亲密接触》,还有一个有趣的现象,当时腾讯公司还没有微信,只有 QQ,所以《第一次的亲密接触》风靡的那几年,QQ 群里通常有女性取网名叫轻舞飞扬,结果一个群里好几个轻舞飞扬,你还得格外注明,省得谈情说爱搞错对象。

到现在,作者名单越来越年轻——网络文学创作者队伍的不断年轻化也预示着它成为时代文艺新方向的一个特点,从 20 世纪 90 年代末的"70 后"作者主体,位移到 20 年后今天的"90 后"作者主体,将来还会位移到"00 后""10 后",这是一定的,媒介转型预示着这一点。此外,我们做文学评论和文学组织工作发现,年轻的文学作者愈来愈多地选择网络创作,相对的,将传统纸质媒介作为第一创作阵地的作者阵容正在急剧缩小。而这些年轻的网络作者的作品,又跟文化产业链紧密结合,大量的被改编为影视剧、漫画、动画、游戏,直接影响了大量初中生乃至初中以下的人群。这就是我之后要提及的另一个崭新意义的原因:青少年思想道德教育的新阵地。

有人说,网络作家不太注重自己的笔名,像唐家三少、天蚕土豆、我吃西红柿、骷髅精灵、天使奥斯卡、爱潜水的乌贼、会说话的肘子……他们取的大多是这种奇奇怪怪的网名。但其实上面这些还算是讲究的,一种网文圈意义上的讲究。更怪异的还有呢,比如酒煮核弹头、蚕茧里的牛之类,还有一些实在不讲究,我也无意为之辩解,比如:我会修空调、快餐店、老娘取不出名字了……他们一旦写成功了,遇上今天的网文主流化,难免有点尬,比如上台领奖或者担任地方网络作协主席副主席,你们可以试着报一报这些名字。

但这样取笔名并非前无古人,大惊小怪常常是因为我们不读历史。中国近代以来的通俗小说的作家名字不少是这样的：我佛山人①、荒江钓叟②、还珠楼主③、平江不肖生④等。所以实际上，从取名到写作，存在一个历史传统。

————————

① 我佛山人，本名吴趼人（1866—1910），原名宝震，又名沃尧，清代谴责小说家，字小允，又字茧人，后改趼人。广东南海（佛山）人，号沃尧，出生于北京，因居佛山镇，在佛山度过青少年时代，自称我佛山人。以此为笔名，写了大量的小说、寓言和杂文，名声大噪，成为近代"谴责小说"的巨子。清末（近代）小说家。活跃在清代文学领域，代表作品：《二十年目睹之怪现状》《痛史》《九命奇冤》等。

② 1904年署名荒江钓叟的《月球殖民地小说》堪称中国最早的科幻小说，因当时小说在文坛上的地位不高，因此作者没有名气，真实姓名不详。

③ 还珠楼主，本名李寿民（1902—1961），四川省长寿县（今重庆市长寿区）人，曾被誉为"现代武侠小说之王"，代表作品《蜀山剑侠传》，一生中的作品多达4000余万字。与"悲剧侠情派"王度庐、"社会反讽派"宫白羽、"帮会技击派"郑证因、"奇情推理派"朱贞木共称"北派五大家"。在中华人民共和国成立前的重庆籍作家中，李寿民是唯一在中国现代文学史上占有一席之地的人物。

④ 平江不肖生（1889—1957），本名向恺然，湖南平江人。近代著名武侠小说家，为20世纪20年代侠坛首座，领导南方武侠潮流，被称为武侠小说奠基人。他从小文武兼修，文学、武术，两者均有深厚造诣。两度赴日留学，1922年开始创作武侠小说《江湖奇侠传》。笔名来由：灵感来自老子《道德经》之"天下皆谓我道大；夫惟其大，故似不肖"。

我还是网络作家的推手，两个重要的女频小说作品我都担任了图书策划人，一个是《后宫·甄嬛传》，一个是《芈月传》。这两位浙江的女性大神还没有因影视改编而大红大紫的时候，或者说她们的作品还没有大获成功、扬名立万之前，我就以评论家的专业性和策划人的选题敏感瞄准了她们，一天一天，一年一年地，参与了从打造磨合到出版传播的全过程。这个过程现在想来也是比较唏嘘的。我有意策划《后宫·甄嬛传》一套七册合为"修订典藏版"时，尚不必考虑"宫斗"题材的社会传播是否有价值的问题，只需要从文学（类型小说）创作水准及其在网络文学坐标系里的代表位置来判断，然后加以促进。

流潋紫写这部小说的时候，在浙师大读大三。她阅读了当时众多网络小说尤其是历史架空题材、后宫题材的作品；另一个灵感来源则是香港 TVB 的宫斗剧，香港无线电视台各种各样的历史剧、宫斗剧，像《金枝欲孽》，当时刚好是"80 后"一批女作家成长中的心头好。就是在网络小说、香港影视剧,当然也包括当代流行的纯文学作者苏童、余华等小说的混杂营养下,流潋紫走上了网络创作之路。互联网有一个好处,就是网友看得技痒,觉得自己也能写,就从读者转变为作者。过去没有互联网,小说发表在哪里是个麻烦。文学杂志资源很有限,相信做着纯文学梦的作者的作品能最终发表的也不过十之一二,何况什么宫斗小说。但是互联网给了大家一个发声、发表、发言的机会,也就是说它可能保存和发展文艺的多样性,它不是以一个最高标准来衡量作品的,而是以最低标准来承载所有人的作品。

　　流潋紫大三开始写作,在互联网上慢慢累积读者,影响力再大也不过如此,当时还很需要通过图书出版这一渠道来获得知名度,抢占第二市场。但是这个市场跟她的网络粉丝加起来的数量还远远不够,中国市场大,要脱颖而出,成为大家知道的一个人物很难,但通过影视加持,就可以达到一个新的高度。这依旧是一个媒介问题,影视是时代的强势媒介,覆盖面够大。郑晓龙导演改编的这部《甄嬛传》，结果是非常成功的，我认为在今天也很难有一个剧在播放率、海外版权售卖率等综合影响力上超越这部剧曾经的高度。它能够穿透各年龄阶层，甚至成为我们日常生活的一种文化现象。比如很长一段时间，网友在 QQ、微信交流时会使用像"这真真是极好的""贱人就是矫情""臣妾做不到啊"一类的甄嬛体、表情包，更有一些台词在今天仍然被使用。这些特殊的语言方式、句子，即使离开了小说和影视作品，没有观赏过小说和影视作品的人仍然会使用它们来表达自己的心情。这就是文艺作品的溢出效应，它可以离开剧情内容的母体，独立成为我们生活文化、文化生活的一部分。

有人认为这种互联网文化生活不高级。但是和闺蜜、朋友聊天时，当你用"贱人就是矫情""臣妾做不到啊"去形容自己的一种感受，对话就会特别有趣，并且具备概括力，这是网络语言值得研究之处。一部影视、一部小说最后产生这样的溢出效应，其实是作家梦寐以求的，只是很多高级的作家、传统的作家不愿意说，但其实他们大都希望自己作品里的一句话、一句台词能够家喻户晓。

2018 年暑期档，有一部非常红的影视剧——《延禧攻略》。关于它的境外传播，我请教了当地的一些专家和观众，他们反馈，在亚洲文化圈，尤其我国香港、台湾地区，一时间的热度跟当年的《甄嬛传》可相提并论。在他们的概念里，中国大陆输出的影视剧，能达到全面观看热度的宫廷题材前有《甄嬛传》，后有《延禧攻略》。不过，《延禧攻略》红了之后想模仿当年《甄嬛传》创作一些自己的表情包和话语系统去扩大传播，效果却不如《甄嬛传》。《延禧攻略》不是网络小说改编的影视剧，但它是典型的按照网络小说思维、特点、套路来做影视剧的案例，导演于正大家比较熟悉，一直是把握大众热门剧的一把好手，这个剧直接用网络作者来担纲剧本，一切打怪升级的爽感跟网络小说一般无二。

网络文学因为是大众文学、市场化创作，影响的人口非常多，对它的管控治理难免会越来越多、越来越紧，这是一个影响力或者说舆情管理的常态。当一类作品从网络走红逐渐主流化、全民化之后,深入考量其社会传播过程中的价值红线,调整某类题材的总量和传播面,是国家有关部委的基本措施。宫斗题材在这一方面始终处于风口浪尖,至少渲染宫斗文化、打宫斗标签肯定是一条红线。此外,限古令①也是这几年经常听到的量化调控的名词,同样反映了国家意识形态的介入作用。那么,国家主流层面提倡什么呢?网络文学是不是除了宫斗,以及男频小说常见的玄幻之类的,就没有经得起国家政策和主流社会考验的题材作品了吗?显然不是。网络文学总体上百花齐放,现实题材创作就是网络文学 20 年的一条线索、一出重头戏。

---

① 限古令指的是,广电总局对各大电视台下达了新规定:所有卫视综合频道黄金时段每月以及年度播出古装剧总集数,不得超过当月和当年黄金时段所有播出剧目总集数的 15%。2019 年 3 月 22 日,网传广电总局出调控新规,从即日起至 6 月,包括武侠、玄幻、历史、神话、穿越、传记、宫斗等在内的所有古装题材网剧、电视剧、网络大电影都不允许播出。已播出的撤掉所有版面,未播出的全部择日再排。

2018 年，现实题材的有这样一个案例——电视剧《大江大河》。这样的题材是没有问题的，写作和影视改编方面受到国家褒奖，在老百姓中的收视率也还不错。这部小说由浙江宁波的网络女作家阿耐创作，其实她在改革开放 30 周年的时候就完成了这部作品。这部书原名《大江东去》，当年完成之后，很快拿了中宣部"五个一工程奖"，这是中国网络文学、网络作家里第一位也是迄今为止唯一一位拿到中宣部"五个一工程奖"的。2018 年年底，借着改革开放 40 周年，电视剧出来又收获了较大的影响力和良好的口碑。所以说，网络作家莫问出身，网络作家里藏龙卧虎、英雄辈出。

网络文艺是中国文艺发展的新方向二：抖音

我再跟大家说说抖音①。短视频是中国网络文

_____

①　抖音，是一款可以拍摄短视频的音乐创意短视频社交软件，该软件于 2016 年 9 月上线，是一个专注年轻人的音乐短视频社区平台。用户可以通过这款软件选择歌曲，拍摄音乐短视频，形成自己的作品。

艺里最新的一个增长点，很有研究价值。但是对抖音的研究，文艺或者社科方面的研究者总体是比较迟钝的，即便有研究，研究成果的传播率、转化率也比较差——这也是我们目前网络文艺各领域的基本情况，原因之一还是大家比较轻视这个领域，传统学者过多囿于旧内容和旧方法，对新的研究对象缺乏敏锐观察和持之以恒的实证研究。

首先，抖音短视频确实是从"屌丝①"文艺开始的，业余的、模仿的、粗糙的甚至格调不高的内容占了半数，但也无须因此棒杀，将之妖魔化。互联网的开放性、全民性注定了网络文艺各领域的初始和总量常常从低端水平开始。在大量的网民创作和观赏中，抖音短视频发展出了一些重要的特征：比如节奏感、音乐性——出现了一批专门用来配抖音

① 源于中国大陆地区的中国网络文化。开始通常用作称呼"矮矬穷"的人。其中"屌丝"最显著的特征是穷，房子、车子对于他们来说是遥不可及的梦。2012年初，"屌丝"在中国大陆地区广泛流行起来，在年轻人群体间的语言文化中更被广泛应用，如今已成为一种社会性的自嘲现象。

内容的、不断更新着的"抖音神曲①";比如模仿性——往往是一支原创抖音短视频走红,就有大量的跟风模仿,而在模仿过程中根据不同模仿者的创意有所调整变化,从而创造出新的人气之作;比如评论与社交——点赞和评论既是对作品的表态,也是社交互动、增加人气的标志,除了抖音视频本身,评论往往是可看性比较高的一个板块,观赏者们的即时评点各显机灵,评论也成为另一个点赞的热地;还有就是群众性、民间性——"屌丝"就有一种群众性、民间性,但除此之外像大众喜闻乐见的噱头、杂耍、段子、剧情反转、煽情等,都是抖音短视频作品所擅长的。

我们来看几个作品。一头粉红小猪走在车道

---

① 指的是不仅霸榜了抖音的各大热门视频,更入侵了所有网络视频领域的背景歌曲,通常具有朗朗上口的旋律和通俗押韵的歌词,目前网络上的抖音神曲大致划分为以下几类,励志洒脱代表神曲:《沙漠骆驼》《我们不一样》;鬼畜魔性代表神曲:《海草舞》《好嗨哟》《学猫叫》;翻唱改编系列代表神曲:《爱情骗子》《爱的魔力转圈圈》;对美好生活的向往代表神曲:《往后余生》《买条街》等。

上,后面是跟随它的车队,它不紧不慢地踏着标准而"标致"的步伐,很从容也似乎很"优雅",标致和优雅感何来? 是因为节奏感很强的抖音神曲恰好跟它的步点相一致,我们除了看到猪在路上行走本身的搞笑感以外,还从音乐性中感受到它模特步般的妖娆。这就是一个非常"屌丝"的作品,一点也不高级,只是满足大众纯粹的娱乐,但我听到各位都高兴地笑了,这是什么?"恶俗"(不带褒贬)的趣味罢了。

你可能说网络文艺都是这样"屌丝"的?! 搞笑一下,油腻一下就过去了。那么,我们再看另一个,我认为有所升级。一个女生很漂亮,晚上有点喝多了,现在她正坐在出租车的后座。想象一下这样一个画面——她是在大都市的街头,她很苦恼,因为失恋了。短视频中的她开始说话:"师傅,爱情是什么?"人家出租车师傅知道她喝多了,直男腔地回答:"爱情是什么我不知道,你别吐我车上,吐车上200。"然后女生尴尬地皱眉一笑。短视频结束。这很生活化,很真实,看上去是出租车司机的车内后视摄像头拍到的,但我同时觉得它充满着一种文学的方式、电影的方式。视频里出现的完全是两种不同的人,这两个人碰到就很有戏感,很小说化。女生当时是非常难受的一种情绪,完全被感情困扰着。她无法跟熟人倾诉,这个当口儿她还不如抓一个陌生人比如出租车司机问一下:爱情到底是什么? 我怎么了? 我该不该相信爱情? 这是一个很唯美的话题,也是负责貌美如花的青年女性们的常见的话题,在小说里可以搞得很文艺。但是生活是什么? 或者好小说要写的生活是什么? 文艺不能总文艺着,那就仅仅是浮夸的文艺腔了,浪漫无法替代柴米油盐,这时候恰恰出租车师傅是另一个极端、另一个典型,他在任何时刻都高度保持生活状态,柴米油盐酱醋茶的状态,于是说爱情是什么我不知道——我不关心,或者我哪里搞得清这些小资话题——关键你不要吐我车上,吐车上我得花钱清洗,所以说吐车上赔200块钱。这之间的差异性、张力效果,非常有趣。

如果我们把这个小片段写进小说,这个小说再编下去，也是有趣的。师傅有师傅的逻辑，姑娘有姑娘的逻辑，你继续往下编，他们可能吵起来了，然后姑娘大骂这个司机，司机说你不要搞不清楚……最后怎么样了，比如姑娘号啕大哭，或者自己伤害自己，师傅一下子吓傻了，之后他可能会突然觉得，比如这个女的有生命危险，他还是要救她，虽然思想情感不是同一种人，但是在某个临界点上，差异很大的两个人突然一下子回到了同一个人性的轨道。每个人都有每个人的困境、不易，每个阶层、每个家庭也是，都情有可原，人们需要支撑、和解。

再比如，我看到有"70后""80后"的小说家不少人都在自媒体转了刚才提到的上海网红"流浪大师"沈巍，感慨自己怎么也写不出这样的小说。生活的奇观感或者荒诞感超出了一个小说家的凭空想象，这反过来讲，小说家要不要到生活里去？要去。我们的主旋律也讲文艺家要到生活中去，跟我们热火朝天、如火如荼的改革开放和社会变迁走在一起，这是一种比较官方的、政治视角的讲法；对于做文艺的来说，更本质的是没有了相对广泛的生活接触面，题材、人物、共情能力、新鲜而独到的理解力都会因之失去，堕入文学艺术的暗面，进入单一和枯竭的斗室。

那么相对和相反的，抖音却是生活和大众如洪流般的生活素材的展示，固然粗陋有余，但实实在在，即便不乏矫揉和虚假，但这却能被专业的文艺创作者一眼识破，从而成为具有反讽意味的生活感受。

我们来看一个大叔级网红"面筋哥"。你如果在生活中看到他，不过是又油又黑的中年大叔。他开了一家面筋店，为了做生意，他想把才艺（唱流行歌曲）跟生意结合起来。如果按传统方式就很难，即便是自己弄一个卡拉OK在门口边唱边卖，传播效应恐怕也比较差。但他发现抖音是一个很好的平台，一个展示自我、提升他知名度甚至吸引大量顾客到他店里消费的平台。于是他不断上传自己各种各样唱歌的视频，在这个过程当中，他实现了自我的IP化，这家店也就成了"网红"店。他的油腻形象、夸张动情的表情姿势、略沙哑却能飙高音能扮萌的声音特点,秀成了个性化的一套标识。也就是说,这些基层的人民不断通过抖音在表达自己的喜闻乐见,并直率或狡黠地与自己的经济利益联系在一起,他们没有界限,没有框架,他们早就利用互联网新媒体平台在营销和传播自己。而事实上,我们主旋律也好,正能量也好,目标也是要回到借用新媒体、融媒体,扩大影响力和宣扬价值观上。在这个意义上,平台本身、技术本身,是没有对错好坏的,你不去就会有别人去,只有参与进去的人,声音才能出来,才能被传播。这一点,我想历经了网络文艺20年的受众,仔细想明白了,这就成为一种常识。

正因为此,抖音视频一定会有更专业的、更艺术的、更主旋律的、更多样化的作品。比如真正做音乐、舞蹈、美术、影像、非遗、播音、学术的人,都开始一一落户抖音,开设自己的,或者雇人维护制作自己的抖音号。这个时候,你就不好说抖音短视频之类的平台都是"屌丝"文艺,且仅仅是"屌丝"文艺了。这就是个生态场、金字塔,有高就有低,或者说低处的数量和流量有了,进而才能有高质量的作品。还有就是越来越多的国家机关、政府部门、专业机构、国有媒体、品牌公司等都在抖音开设了自己的号,给抖音增加了社会主义核心价值观即主旋律叙事传情的内容。有些爱国、英雄主义、社会公德的短视频我看一条就有上百万、上千万的点赞数,成千上万条评论,这种趋势在中国语境里只会加快、加量,而不会因为还有人质疑抖音的"屌丝"问题而停止发展。所以我们都要学会如何正确对待新媒体平台,学会判断,善加利用。

这里介绍一个短视频案例——博物馆。曾经很多博物馆联手打造一个抖音作品,他们把博物馆里的代表性文物串成一个短视频节目,使里面的文物都能动起来,比如半坡遗址的彩陶、汉代的人俑、唐三彩的人物马匹、宋明的绘画等。七八家博物馆,联手把它们的代表藏品拿出来,每个藏品都有几个动作,整一支音乐(抖音神曲)去配,所有古代的文明、文化就活化了。一条 30 秒时间的短视频,让古老的历史成为新时代的"网红"。善用新媒体平台,做好新艺术形式,其结果就是宣传博物之外,马上让年轻人爱上了博物馆和里面的藏品,这是以前我们怎么宣教都无法企及的。

我还通过抖音的几个反映全息技术①和艺术的短视频想到过未来教育的另一种可能。比如现在上一个历史课或者艺术课,老师向学生展示《清明上河图》。过去《清明上河图》肯定没有精致的全息投影,甚至使用投影让大家清晰地看到整个图的全貌和细节,也是不常有的。因此老师只能是通过教科书,讲一讲画家,讲一讲时代历史背景和《清明上河图》的艺术价值、社会认知价值就结束了。好,现在我们用一种技术,让学生戴上设备,戴上之后所有人就进了一个虚拟的三维空间,大家都到了《清明上河图》的里面,而不是在博物馆看一张平面图了。教师引领着学生,从原图中的某个门出发,现

---

① 全息技术通常是指通过光学的干涉和衍射原理记录并再现物体真实的三维图像的技术,是立体显示技术的一种。具备全息技术的投影不仅可以产生立体的空中幻像,还可以使幻像与表演者产生互动,一起完成表演,产生令人震撼的演出效果。

在道左边的铺子有人正在做一个剪纸艺术，右边一家则正在蒸制北宋的某个民间美食……你全部能够亲眼看到。在虚拟世界里，你甚至可以通过虚拟币问他买一个他正在生产的北宋时期的艺术品或者是一个食物，拿起来玩一玩，甚至品尝一下味道，实际上你什么都没有吃，但口感就是那个味道。

通过这样一种高科技，我们进入这张图内部，通过虚拟技术投影，身边绘画世界里的东西你可以全部在眼前看到。这一堂课学下来，这些学生的观感会怎么样？他对历史和艺术的认知会怎么样？我想家长是不会拒绝的，即便过程中有一些文化历史的小游戏。未来，将技术和艺术结合，理想化地将其运用到教学当中，应当就是这么一个效果。

这个话题自然已经超出抖音问题了，但我是从看抖音的几个全息技术题材的视频想到的。归根结底，这还是未来技术进步时，我们人类以何种文化态度、人文智慧去应对的问题。我们要早做研究、早做准备，让技术为我们所用，成为我们最良性的伴侣。

网络文艺是中国文化产业的新支柱

网络文艺是中国文化产业的新支柱。在这里我只想阐明一个核心观点,尤其是面对文化产业的时候我想说这句话,可以认为:我们已经无一例外,也不可逆地生活在一个被资本包围的世界当中。换言之,完全离开产业和资本去思考问题会变得很难,几乎已经不可能。我们的日常工作,全部都跟产业与资本有关系。过去,文化事业和文化产业是可以分开管理的,至少明面上是明确的,各有各的标准。但是现在越来越觉得,产事业融合发展、综合治理,这样的一种理念才是更正确和高级的,也是中国改革开放进入全球化核心之后的新常态。否则的话,我们就无法理解,甚至无法接受大量时代文化作品的生产性流程及其目的。我们会发现,很多文学艺术统统包含在产业链里面,没有一个产业思维,没有一个产业链运营能力的话,完全没有办法理解它们为什么要这样做,或者说你辛辛苦苦打造了一个很好的所谓的文学艺术的精品，但是它的传播、销售、影响力为什么这么差。这件事情你如果用传统思维去想会非常苦恼，你会得出一个结论，叫作劣币驱逐良币。我们会认为，今天中国文化、文学艺术的精品往往被"劣币"驱逐，尤其在我讲述的网络文艺领域，不是吗？但是你老是这样想问题，或者仅仅从这个角度想问题，你在当下时代和未来一段时间当中都没法做作品了。究其实质，你除了是一个创作者以外，还需要有一副头脑去理解处理跟时代的关系，从认知上、思想上、经验上进行消化并转变，成为一个既深刻又当代的文艺家。

现在网络文艺的一个典型特征就是文化产业融合发展，也就是：作品即产品。一个作品出来，如果你的目的是传播和营销，马上就是产品。然后你说我没想过要把它产业化，我可以跳出圈套，这当然是你的选择和定力问题，但其实很难，在互联网世界更难。我们会发现在互联网世界，无论是一部网络小说，还是一个网络视频，很快就会被产业和资本盯上。首先，你发表的那个平台，它就是一个产业平台，一个资本平台。我们过去发表一篇小说，在一个文学杂志上，我们就认为杂志是文学的、艺术的、非功利的——这其实也不是全部真相，只是那种成本和利润计算被遮蔽了，被习以为常了，被体制化了。我们强调最高的美学——美是无功利的。没错，我至今仍然相信，康德等人所反复论证的这一个结论。但是，现在我们的生产环境、生存环境中，一个无功利的作品发表出来，是因为互联网给了你更多发表的自由，自由属于你，而你发表的那家平台它还是一家生产和资本单位，只要你红，它一定会征用你，把你搞大——你的作品接二连三在它的平台上发表，如果受网民追捧红了，它一定会成为产业和资本转化的对象。所以今天在中国谈文艺，同时就是谈文化产业。

今天由文化艺术所产生的产业价值，前所未有的高，但是从中国的决策层意见来看，我们文化产业的价值还远远不够高。对标的是谁呢？比如美国，日本，甚至韩国，这些是在文化艺术产品的产业转化上有极大优势的强国。美国通过商业的、流行的文化产品向全球输出价值,赚取占其GDP三成以上的巨大财富;韩、日至少在亚洲绝对是领先的文化产业国家,也有明确的文化产业国家战略。我们青少年近30年来受到美日韩文化产品的影响,不但交了钱,还改变了我们部分的价值观、审美观,形成复杂的文化景观和研究视野,所以说这种文化产事业关系必须得到重视。

中国网络文学在近年突然被认为是中国唯一一个文化内容领域可以与好莱坞影视、日本动漫、韩国电视剧相提并论的所谓"世界四大文化现象"。先不考究利润、产业成熟度和精品问题,首先这是在说网络文学是"中国特色",别人家没有,就我们家有;其次,它的影响力或者是阅读人口所产生的产业利润有望达到前三者的地步,所以这就是中国互联网文艺可以弯道超车、换道超车的一个关键。我们在很多传统领域,要超人家的车非常难,但是互联网文艺的文化产业价值是可以弯道超车的。这就有点像电子商务、数字支付、5G。

这里举一个例子,讲一讲文学的文化产业问

题，就是其中诞生的一个"中国作家富豪榜①"。作家，过去我们的认知，至少我在青少年时的认知，是跟钱没有关系的，跟钱越有关系越耻辱。20世纪80年代观念也基本如此。当时很多作家要么谈责任感，要么谈艺术性、文学性，不谈钱，不好谈钱。比如20世纪80年代，就有先锋作家、诗人这样表达：我以那么多人读我的书（诗）为耻——这是20世纪80年代精英作家的一种策略，现在认为是策略性的，当时只看到他们的清高——那么多人读我的书是耻辱，因为这意味着流行，也意味着群众性的"媚雅"，而另一个关键点在于，读者多就是卖的钱多，你不要跟我谈钱，因为这影响我无功利的艺术创作，不是吗？但是时移世易，二三十年之后，我们产生了一个"中国作家富豪榜"，还成了媒体焦点，甚至成为媒体合作主

---

① 中国作家富豪榜是反映全民阅读潮流走向的超级文化品牌，作为全球第一份持续追踪记录中国作家财富变化，反映全民阅读潮流走向的著名文化品牌，自2006年由吴怀尧首创至今，为推动全民阅读时代到来与中国文化产业繁荣发展呐喊助威，每年引爆全球媒体关注，在华人世界形成热门话题，让中国书业更具活力，有人评价其为中国文化界奥斯卡盛典。

办的重要年度文化活动,也在行业内、群众中产生了不小的辐射力。这个榜单其实是民间的,发起人吴怀尧,瘦瘦的,典型的 20 世纪 80 年代诗人的样貌,自己阅读很精英化的一个人,居然开创了一个作家富豪排行榜,最终名利双收,被资本青睐。所以我觉得吴怀尧本人也是一种文艺青年的时代新典型。

这个代表文学产业的排行榜近年最引人瞩目的实际上是子榜单"网络作家富豪榜"。最高收入的是唐家三少,2012 年至今,一直蝉联网络作家收入的榜首。最近的一次公布是 2018 年所排的 2017年的收入,唐家三少是 1.3 亿元人民币。第二名是天蚕土豆,年收入 1.05 亿元人民币。这也就产生了一个作家创富的神话,作家成为富豪,变成了一个事实。这个事实其实对地方政府来讲,还是很有吸引力的,杭州于是做了大量的网络作家组织工作,2017年年底就在滨江区白马湖成立了中国网络作家村,先后有 150 余位网络作家入驻,三分之一是中国最顶尖也最赚钱的网络作家。而作家创富这件事情其实在全球都不是问题,国外一直有畅销书作家,比如类型小说写作中的奇幻作者、《哈利·波特》的作者 J.K. 罗琳就由一名家庭主妇变为超级富豪。所以作家创富在现代文化产业的体制机制里，是能够成立的，其收入来自文化产业链上各个环节的版税。

不过因为这样的榜单和代表人物的出现给了媒体推波助澜的噱头，人们可能在缺乏深度了解的情况下迷信起网络文学的创富能力，很容易走极端。事实上，当网络文学成为大量写作者的求生之道时，这条路变得何其难也。我可以用亲身体验给大家提供一些数据：

2008 年，我在当时中国网络文学最大的一家企业——盛大文学①工作过一年，盛大官方对外的说

---

① 盛大文学是中国最大的社区驱动型网络文学平台，是盛大集团旗下文学业务板块的运营和管理实体，2008 年 7 月宣布成立。盛大文学占整个原创文学市场 72% 的市场份额。运营的原创文学网站包括起点中文网、红袖添香网、小说阅读网、榕树下、言情小说吧、潇湘书院六大原创文学网站，以及天方听书网、悦读网、晋江文学城（50% 股权）。同时还拥有"华文天下""中智博文"和"聚石文华"三家图书策划出版公司，是国内最大的民营图书出版公司，签约韩寒、于丹、安意如、蔡康永等多位当代一线作家。

法是,年收入过百万元的作者 10 位以上,年收入过十万元的作者 100 位以上。也就是说在 2008 年的盛大文学,中国最赚钱的网络作家年收入只在 100 万元以上。

2010 年,中国移动手机阅读基地在杭州成立,就是现在的咪咕数媒、咪咕阅读的前身。在中国移动手机阅读时期的 2011 年,开始产生年收入过千万元的网络作家,代表人物比如鱼人二代,他有一部小说当时在手机上阅读量最高,叫《很纯很暧昧》,这时候网络作家才有千万元户。

2013 年以后,中国文化产业界诞生了一个词叫"IP",是知识产权英文 Intellectual Property 的缩写。这个词被顶起来,背后是产业和资本在烘托,很多中国的文化投资热钱进来,对网络文学作品进行收购,背景之一是影视和游戏改编中使用网络小说内容确有爆款效应和粉丝经济作用。2013 年以后网络文学价值开始成倍增长,大概到 2016 年唐家三少收入过亿元。

所以大家看,所谓中国网络文学 20 余年,尾部七八年经济增速是非常快的。2008 年还不过过百万元,2011 年过千万元,2016 年则开始过亿元。这样的发展历程,就让我们基本看清了网络文艺尤其是它在文学领域的产业表现及其原因。传统作家里也只有一类作家很赚钱,那就是儿童文学作家,因为他们面对的同样是大众文化市场,有时候还是青少年教育的刚需。作家富豪排行榜里传统作家高居前几位的肯定是或者有儿童文学作家,比如杨红樱,2017 年年收入 4100 万元,是传统作家里最高的,跟唐家三少 1.3 亿元还是有差距。这当然也跟互联网新媒体及其产业延长线有关。

网络文学的产业表现中重要的一个就是网络文学与影视。这些年网络文学的影视改编发展得非常迅猛,其中就有很多浙江作家的身影,浙江网络作家不但创作不错,产业转化率也很高,还有部分浙江作家的影视改编成为爆款。影视容易转化的目前主要还是女频①网文，女作家的作品改编成影视容易，男作家的难，基本没有太成功的，像猫腻的《择天记》《将夜》，包括唐家三少的《斗罗大陆》，天蚕土豆的《斗破苍穹》，都是大神级的作品了，可影视改编效果都不太理想。

还有一块产业热点是网络文学与游戏，游戏相对是男孩子玩得比较多，女性的游戏市场略输一筹。所以男频②的大神，超级 IP 改编成游戏是比较容易成功的。

网络文艺是青少年思想道德教育的新阵地

网络文艺目前来看主要是青年人主导的文化

---

① "女频"就是女生频道。它最早出现在起点中文网上，以女生为主角，大多数为言情类。下有几个分支：武侠、玄幻、同人、耽美等，读者七成为女生。

② "男频"就是男生频道。多数是以男性角色为主角或以第一人称"我"从男性视角出发来讲述剧情。其内容多半都是讲述男主从弱到强的成长历程，其中不乏一些以战斗、征服、称霸等为主题的小说情节。最受欢迎的男频文可分为两类：一是玄幻修仙之类的热血文；二是后宫种田文。

艺术，也是青年人主导的消费，所以它跟青少年的"三观"是紧密结合的。我们对青少年要去引导，或者说做好青少年"三观"的构建，都与网络文艺这个板块密切相关。报纸、杂志、图书、课堂教育，只是一部分；要说青少年自主选择的内容，网络文艺肯定是他们自觉或不自觉地沉浸最多的一方世界，他们在这里娱乐，也在这里学习。因此我们必须介入网络，推出一些好的网络文艺作品、产品，好让寓教于乐同样成为网络文艺的核心功能，这样青少年在娱乐消费的同时，也能树立正确的价值观。

通过青少年在各种网络文艺类型消费的百分比可以看出，文字阅读对青少年来讲越来越不重要，相对是偏弱的。我不是指纸质阅读，而是指网络文学——虽然网络文学很稳定，但是青少年肯定更喜欢的是网络社交类、游戏类、短视频及音乐这样的东西，包括用手机等摄影、录影，目前的拍照神器就受到大量青少年追捧，加一个滤镜，加一个美颜，这就满足了各种各样青少年的审美特征。

在这个过程当中，我们会发现有一些网络文艺的热词随之产生，比如，大家都不陌生的"宅"①
"萌"②"基"③"腐"④。它们主要是从日本流行文化、亚
文化里产生的，然后向全球输出，比如宅、萌、腐。也有
欧美系来源的词，比如基（Gay）。但这几个词的产生也
跟我们社会有关，社会急剧的变化使人们的生活方式
发生改变，尤其是年轻人的生活方式发生急剧变化。

---

①　"宅"这个名词起源于日本，是"御宅族"的缩略，最早
是由日本著名漫画家中森明夫在 1983 年通过漫画作品提出
的，主要描写那些对动漫等着迷，几乎不顾时间和精力，全身心
投入的人。后来"宅"就逐渐演变成对那些待在家里，沉迷于个
人的兴趣、爱好，而与社会脱节的青年的称呼。

②　"萌"是日本人在对漫画、动画、游戏等作品中的美少
女角色表达类似恋爱的喜爱之情所使用的词语。经过广泛传
播后，也被用于表达对任意事物（不限于二次元）的喜爱（不限
于类似恋爱的情感）。

③　"基"是一个网络用语，是英文 Gay 的粤语译音，意思
是男同性向者。现用在网络流行术语中，带有讽刺或调侃意
味，并有了基佬、基友、基情、搞基等中文衍生词语。最初的"基
友"一词单指男同志，现在则更偏向于关系很好较为亲密的男
性友人关系。一般男生都会称自己的好友为"基友"。

④　"腐"在日文有无可救药的意思，通常把喜欢男同性恋动
漫的女生称为"腐女子"。腐文化是围绕耽美文类发展出来的亚文
化，以理想化的男同性恋爱情故事或受大众幻想的男性之间的暧昧
和爱情故事为主要内容，以男男配对为主要形式的一种流行文化。

"宅"就是房子，宅在家里不出去，在房子里生活而缺乏现实生活体验和正常的社交。在房子里就能够满足一切需求，也使得房子里的人变得越来越宅。宅的原因是社会生活发生了变化，我们的生活方式、消遣方式、娱乐方式都变了，很多人现在都在家里娱乐，甚至工作（SOHO一族）。这个社会的服务很大程度上是支持宅的，比如物流、外卖、网上办公、支付宝或者微信的各种缴费功能。

"腐"主要指耽美，女性地位提高了，女性要形成一套自己的，而不是男性强加的审美方式。一部分女性说，过去你们男人审女人的美，我们女人能不能审男人的美呢？现在女性有自己的文化选择权，喜欢各类颜值高的人变成故事里的角色，原来的男性中心的作家或者导演做的作品，她们并不满意，因此女人自己写给自己看，比如两个或多个花样美男暧昧的故事，然后慢慢形成了作品和产品，形成了消费。这个腐文化就成了当代女性审美的一种标志。但各位要知道，耽美始终是被压抑的，耽美作品的出版和影视改编等在当下还是禁区；而更致命的是，当青少年女性将一切都"腐"化的时候，她们以此作为最重要的文化养料，认为腐就是正义。

"萌"这个词跟中国原来讲的一个词有关系，就是可爱。但这个词从日本动漫舶来，有二次元的独特意味。大家有兴趣可以看看日本作家四方田犬彦的书《论可爱》，他说明了"萌"同样是跟"宅"（御宅族）、"腐"（腐女）、"基"（同性恋）都有关系的词。

"基"，最早这个词来自欧洲，指同性恋文化。从词源讲，它直接来自英语单词"Gay"，即男同性恋。该读音与粤语的"基"同音，故被这样译用。我曾经在《文艺报》的专栏里写过一些网络热词的随笔，有一篇就是《基》，讲了这个词的文化背景和当代应用问题。收入自己的随笔集《散杂集》后，被出版社偷偷删掉了，你说这个东西敏感不敏感！

所以这些东西很复杂，我们以前认为它都是非主流的，不去管它，不研究它，结果倒过来了，全球文化传播通过青年人群使它变成了一个主流文化。如果不研究它、不介入、不管理，它就会大行其道，我们反而因此丧失话语权。2009年我在上海工作，那时候上海的职场女性已经拿"腐"作为一种时髦，然而我们的社会学和社会文化治理在那个时候对于这些流行的亚文化，是缺乏研究和重视度的，以至于十年后的今天，我们对于"腐"这样的影响了"80后"青年女性人群的文化和审美态势，没有准确而充分的说法，也就是没有讨论的基础，所以我们现在对此仍然是搁置的、暧昧的，不够认真和真诚的。

还有，像王毅部长在 2018 年年初的两会外交部部长答记者问之后，有记者跑上去问："外长，对近来'精日①'分子不断挑衅民族底线的行为，您怎么看？"王毅用犀利的眼神回答："中国人的败类！"他这个层面的国务委员、外交部部长，能够公开直接定位精日分子是中国人的败类，可见中央对这种问题都进行过学习探讨。国人尤其在青少年人群中，有

---

① 精神日本人，简称"精日"，又称"精日分子"，指极端崇拜"二战"日本军国主义并仇恨本民族，在精神上将自己视同军国主义日本人的非日籍人群。其表现为迷恋"二战"日军制服、在日军侵略遗址拍照留念、诋毁抗日英雄等，做出将自己对别国的兴趣建立在对自身国家和民族的亵渎和侮辱上的行为，有时还会带有明显的狂热的"二战"日本军国主义的特征。

那么一小撮认为自己精神上是日本人，这不是我们一般讲的爱好日本文化、喜欢日本的文学艺术、喜欢吃日本料理或者喜欢去日本旅游，他们就认为自己精神上是日本人，任何问题都以日本人的立场做判断，然后穿着日本的衣服尤其是宪兵服饰，在上海殖民建筑面前拍照，说着日本话。

像最近一个网上事件，武汉大学樱花开放的时候，去了两个北方人，武汉大学认为他穿的是日本的和服。这个人后来被打了，在被打的过程中他说穿的不是和服，是中国唐装的吴服。通过互联网搜索，发现对此有两种解释，一种是说这确实是吴服，第二条说这是和服，因为日本文化是汉唐传播过去的，和服的前身就是吴服。武汉大学的樱花好看，我们可以大胆看，但它的历史是有点敏感的。日占时期，日本宪兵把这个大学作为他们的指挥部，从日本运来几百棵樱花在这里种植。也就是说，这是我们国家耻辱时期的樱花。再去查历史，我们发现这批日占时期的樱花已经死光了，那么武汉大学这批老樱花是什么时候种植的呢？——中日恢复邦交友好的时候，日本人送的，周恩来同志因为原来在武汉工作过，把这批樱花交给了武汉大学。所以其实真实情况很复杂，但是在外总有武汉大学的樱花跟一段中国的耻辱史有关的说法，这个时候一个年轻人穿着日本的和服在那边赏樱花，很可能被人认为是精日分子。但我想说，互联网带起来的青年亚文化与思想道德建设的关系错综复杂，不少新问题值得关注研究。

与过去不同的是，随着中国互联网社会、互联网文化20余年的发展变化，在造词方面，我们从主要靠西方输入，逐渐转变为自己有了造词能力，转而逐步输出。这主要是网民尤其是年轻人的贡献。比如这两年的一些概括力非常强的网络关键词，我举一个例子：佛系。这个词很大程度上是中国原创，来源跟中国港台文化心态有点关系，主要是表达当代青年人尤其是"90后"，觉得没有什么发展的机会，比如要跟前几代人去竞争或者观念碰撞，他觉得很辛苦，那么就自我命名一种消极的自我安慰式的人生观,即所谓我很"佛系①",貌似什么也不追求,不愿意跟你们发生冲突,没有什么大志。这就是后来的"丧文化②"。佛系、丧文化都是中国原创,跟前面我们讲的宅、萌、基、腐不同,那是外来词、外来文化。你虽然可以批评这种自我描述、这种人生观如何如何不好,但不能阻挡它的流行,它准确概括了代际心理和社会阶段的那么一种普遍性的基本事实,所以这个词就传播到海外,令很多异邦他国的年轻人感同身受。我觉得如果我们有严肃认

---

①　佛系是一个网络流行词,也是一种文化现象。主要意思是指无欲无求、不悲不喜、云淡风轻而追求内心平和的生活态度。2018 年 12 月,"佛系"一词入选国家语言资源监测与研究中心发布的"2018 年度十大网络用语"。

②　丧文化,指一些"90 后""00 后"的年轻人,在现实生活中,因为生活、学习、事业、情感等的不顺,在网络上、生活中表达或表现出自己的沮丧,因之形成的一种文化趋势。"丧文化"是指流行于青年群体当中的带有颓废、绝望、悲观等情绪和色彩的语言、文字或图画,它是青年亚文化的一种新形式。以"废柴""葛优躺"等为代表的"丧文化"的产生和流行,是青年亚文化在新媒体时代的一个缩影,它反映出当前青年的精神特质和集体焦虑,在一种程度上是新时期青年社会心态和社会心理的一个表征。

真的社会学研究的心，就不会简单反对这样的网络造词，而是应该将它们作为一种非常有效的症候反应，去研究、去辨证施治，去淡定看待。这样你就会更理解时代和社会，更有效地介入跟年轻人、互联网文化的沟通。此外，每年还有一些网络原生的热词，一两年内非常流行，有出处有典故（网上叫梗），也幽默而有一定的概括力、表现力，比如什么"蓝瘦香菇""真香""我太难了""不明觉厉""累觉不爱"，等等。所以现在中国互联网文化领域的创词能力越来越强，反过来向周边延伸，向港台地区，甚至向亚洲其他国家延伸。所以从网络文艺的角度看，我们不要把这些不当回事，它既是时代文化和大众文化症候，也是一种亚文化软实力。

网络文艺是国家意识形态塑造的新契机

最后一点，是国家意识形态重塑的新契机。这一块跟中央的顶层设计或者说跟国家形象，包括文化"走出去""一带一路"倡议等都有关系。

网络文艺到今天,它有这么多的时代优势,必然会在国家意识形态重塑上发挥作用,而且应该说会产生重要的作用。这一点中共中央是认可的。

比如说一个较早的信息:2014年习近平总书记召开文艺工作座谈会,邀请了72位文艺名家大家,会上安排了两席网络作家的位置,在此之前的文艺界肯定不包括网络作家、网络文学。虽然这两位网络作家今天我们认为人选有点偏差,因为他们不是典型的网络文学作者,而是写网络时评、做网络言论的,一位是周小平,一位是花千芳。如果说后者还算得上网络作家,有虚构类作品,那么前者同我们一般理解的唐家三少、南派三叔这样的网络文学大神确实相去甚远,他俩主要还是写网络时评,论调则是爱国主义里偏民族主义的那种。但2014年的这个2/72,是一个导向、一种趋势,表明中央在考虑全国文艺界代表人士的时候,有一块是留给网络文学、网络文艺代表人物的,这其实也是对2013年全国宣传思想工作会议上习近平总书记有关"网站阵地"一席话在文艺界的一个直接落实。

与网络文艺有关的最重要的中共中央文件是2015 年 10 月份的《中共中央关于繁荣发展社会主义文艺的意见》,我们之前说过在 6 部分 25 条里,专门有一条讲"大力发展网络文艺"。实际上浙江就是在这个形势当中变成全国网络文艺工作的样本的。2014 年 1 月 7 日,浙江成立了全国第一家网络作家协会,之后开始做省市县(区)三级制的网络作家协会布局,截至 2019 年底,浙江省只有舟山还未成立市一级网络作家协会,其余 10 个市都有了网络作协——这个协会不是中国作协、中国文联固有的,至今中国作协没有成立过中国网络作家协会,因此,是浙江经验先行先试,全国其他各省学习跟随浙江的组织创新的结果。当时,我们成立网络作家协会的时候,不但请教了中国作协时任的领导铁凝主席和李冰书记,还向时任中宣部副部长黄坤明同志做了汇报,他是浙江省、杭州市的老领导,给予的指示是第一时间马上做,要快,走在全国前列。我觉得,浙江的经验和事实上良好的效果,给了中央制定网络文艺工作精神和工作布局以一定的支撑,是有具体贡献的。

我们看到网络作家发展了各种类型、丰富多彩的网文世界,其中有一批网络作家写出了既有网感,又有现实关怀的作品。像齐橙,他自己是工科专业的副教授,写自己专业相关的网络小说,结果成了这个题材 NO.1 的作家,作品有《大国重工》《材料帝国》。他的写法还很有网感,虽然写的是一个个高大上的题材,仍然用穿越、重生等元素,也就是主人公先穿越、重生了,再来写历史、写工业知识系统。浙江的郭羽、刘波写的《网络英雄传》系列,讲互联网创业、互联网商战、互联网安全等题材,他们自己就是商人,但早年也是诗人,从网络文学大潮里找到一个塑造时代英雄的机会,填补了该题材的空白,所以就拿到了很多大奖。还有《复兴之路》的作者 Wanglong(王龙),这些作者都是知识分子,但同时又是网络作家。今年我们关注写《浩荡》的何常在,这个作者是记者出身,原来写过商战和官场小说,他写的《浩荡》,是反映改革开放 40 年,尤其是深圳、广州的改革开放进程。从现实题材的角度来看,网络作家对中国一些领域的小说化、故事化,为国内外读者提供了新的中国形象,他们用笔下感性的人物命运使人更容易了解中国当代进程,产生亲和力。一些反映中国当代生活的小说通过影视改编在东南亚、非洲等地获得了良好的收视。

而网络文学和影视作品正在全面"走出去",这还不是我们国家政策和国有资金推动的,而是老外主动要看、喜欢看。我们在研究中发现,一是2010年之后的东南亚各国,有大量中国女频网络小说的图书出版,主要是言情和都市类的,占领了东南亚,像泰国、越南。越南有一个数据,说是18岁到32岁的女性,平均人手有一册中国言情小说,这引起了越南政府的高度关注,认为中国意识形态正在通过言情小说对他们的女性三观进行改造,然后越南开始控制中国言情小说在越南的出版。二是在2016年之后,我们发现在北美、俄罗斯、欧洲开始出现一批中国网络文学的翻译网站,重头戏则是奇幻、玄幻小说,很多西方读者主动在这些网站上每天阅读中国网络小说。代表性的平台像Wuxiaworld(武侠世界）、Gravitytales（引力世界）、Webnovel（起点国际）等。当时《南方周末》报道这个现象的时候用了一个我们认为有点极端的例子，他们选择了一个外国年轻人，这名外国小伙说他原来是吸毒的，但因为每天要看网络小说，欲罢不能，结果就忘记了吸食毒品。这个例子被《南方周末》加以报道放大后，结果就被标题党说成"中国网络小说可以戒毒"。大家都觉得这很可笑，有喜剧感，但也不能说不是一个小众的事实。我只是想说，网络文学的"走出去"是大众文化层面的走出去，直接影响的是海外平民百姓，跟我们国内读者市场一样，给世界上的普罗大众甚至所谓"屌丝"阶层提供消遣和情感寄托，乃至塑造他们的"三观"，包括他们对中国故事的认知度、亲近感。

所以在这个过程当中，我们发现和认识到了网络文学的海外传播问题。2016年我和欧阳友权、邵燕君等教授去了一趟欧洲，是瑞士日内瓦大学和法国巴黎七大（狄德罗大学）邀请我们去的，在欧洲，我们进行了两场关于中国流行文化与网络小说的学术交流演讲。西方人的学术视野有时候比我们开放,他们的研究范畴已经覆盖到网络文学,用一种"汉学"的角度去研究解读会很有意思。我们的优势是网络文学就在身边,每天都在生成也在发生变化,信息上、文本上我们要比外国人熟悉得多,但我们对网络小说的关注程度、认真程度还不够,观念上还要更解放,包括考虑它的世界意义、国际意义和全球的文化与文化产业的塑型价值,都没有到位的论述和预测。

以上这些,都是事实上已经开始的事关网络文艺与国家意识形态、国家形象、中国故事方面的案例。当然,需要补充的是,我只是以熟悉的网络文学为核心在讲,各位如果有兴趣,完全可以从网络影视的国家形象塑造和国际传播、网络游戏的全球贸易、网络短视频(如抖音的海外版 Tik Tok 等各视频、直播平台)的全球运营等入手,会发现有很多有趣的案例可研究,包括传播过程中出现的跨文化差异、国与国的意识形态壁垒、文化贸易机制、大众文化共同体等。

　　我借此想跟大家提出的是，随着互联网、互联网文艺和中国在此领域展现的优势，我们需要怎么推动这个部分的全球发展？尤其是通过网络文艺塑造怎么样的中国国际形象，比如用较少硬意识形态特征的大众文化、网络文艺作品、产品来着手。这方面可做参考的比如"世界四大文化现象"中的另一些典范：好莱坞电影、日本动漫、韩国电视剧——西方各国在大众文化上的历程、方法、艺术和技术乃至意识形态用心是有迹可循、有例可学的，我们不妨去研究研究、学习学习，这样的书现在也都翻译过来了。对于新时代的文化思想宣传部门管理者和从业者来说，这是必修课，也是早思考早受益的文艺未来学。

第二讲

网络文学 20 年及"浙江模式"

　　这次我要跟大家交流的题目是网络文学 20 年及"浙江模式"。中国网络文学 20 年，是从 1998 年算起，到 2018 年就是 20 年。这是中国网络文学目前比较被广泛认可的一个说法，是国内的文化界、学术界，包括党委政府层面都在用的一种年头统计。

中国网络文学 20 年历程

　　在讲中国网络文学 20 年这样一个时间判断之前，我会一一展开这 20 年网络文学大致的发展脉络。这可能会勾起在座同志的很多回忆，时代和社会的发展一定有文学艺术的参与，当某种文学艺术流行度特别高，其中的一些符号就会带给大家共鸣和回忆。

在讲具体的网络文学 20 年的发展变化之前,我想还是从一个文学研究者、文艺评论家的角度给大家梳理介绍一下,中国的文学艺术肯定是在相对独立的某个场域内运行的,有其体制性、历史性及中国特色。比如我们一般说的文学艺术界,在中国的体制格局当中,文学和艺术还分成两个正部级的部门(群团组织):中国作协和中国文联,也就是说文学艺术界还是有两个独立的部级单位在运行,发挥着党委政府联系广大文艺工作者的桥梁纽带作用。两个单位自有一套运行体制及其管理范畴,像作家协会,主要负责文学创作、文学评论、文学组织工作;文联主要负责文学以外的其他艺术门类,比如音乐、美术、舞蹈、戏剧、影视、书法、曲艺等的创作、评论和组织工作。他们都是伴随着 1949 年中华人民共和国成立而诞生的群团组织,反映着当时历史时期作家、艺术家在中国现代社会中的重要性、影响力和对于新中国的统一战线的价值。确实,20 世纪初通过五四新文化运动而形成的中国现代文学艺术家群落可谓群星璀璨,目前来看,这种作协、文联体制已成为中国社会主义文化体制的特色组成部分,全世界大多数国家没有这样性质的文化群团组织。

即便如此,在这样一个文学艺术大家庭当中,我们仍然会认为网络文学,或者今天中央文件里讲的网络文艺,完全是一个比较陌生的概念,它的历史就只有 20 余年,那么,我们如何理解消化这样一个新生事物?

理解一个新生事物,就要回到总体性上来,这个是我这些年的一个感受,就是不要用我们原来已经熟悉的一个局部去套它,那样会不准,不准就会出麻烦。以新时期[①]以来的文学创作、小说创作为例,它的发展脉络被梳理得很清晰:政治上的拨乱反正之后,伤痕文学、反思文学、改革文学,然后是

---

① "新时期文学"特指 1976 年粉碎"四人帮"后伴随"真理标准大讨论",20 世纪 70 年代后期至 80 年代中期的现实主义文学流派,以及文学上多元探索的阶段。新时期文学是思想解放,文学创作回暖的标志。

先锋派、寻根派,到 20 世纪 90 年代是新写实主义,这些风格流派的形成实际上体现了一个国家民族命运的改变,是国家意识形态的要求,同时也是艺术本身的要求——先锋和寻根,是向世界文学学习,创作者学习了西方很多现代派的写法——这是原来作协视角下稳定的一个文学观念的递进。但是面对最近的发展变化,如果仍然沿用原来的文学观看问题,就会犯很多错误,也就是最近一二十年影响民众的主流文学创作、小说创作已经不是先锋派、寻根派了。

我 10 多年前到杭州市文联工作,兼任杭州市作协的秘书长。也是那个时候因为工作创新的需要,我开始投入精力搞网络文学、组织网络文学事业。很多作协的朋友劝我:"夏烈,你搞也就算了,但你基本上是在吃垃圾。"也就是说,从传统的文学观或者说 20 世纪 90 年代末的中国文坛来看,网络文学就是垃圾文学。这么看有没有道理? 有一点道理,我现在姑且不解释。但是到今天网络文学生长 20 余年之后,有了这么大的影响力和蓬勃的发展趋势,慢慢地形成了自己的生态系统,有了属于自己的作品金字塔。截至 2018 年的数据,中国网络小说总量达到 2442 万部之多,这自然会"拱"出一个类型丰富、生态饱满,关键是层次逐渐分明的作品格局。如果仍然用传统文学观去看中国网络文学,还是那两个字:垃圾,这样说说肯定是简单的,但肯定也是不准的。因为你的套路是用不变的观念对变化的世界做判断,合得上的部分就说世界好,合不上的部分就说世界不好。事实上,世界变化了,就不能用上一个历史阶段所形成的固定标准来衡量,而是要回到总体性①上,比如造物的总体性、人性的基本规律、文艺与人类的基本关系,重新树立和壮大当下的生命性,灵活地而不是死板地跳到世界全局的高度去看待中国发生的变化,看待中国文艺发生的变化,把中国文艺放到世界文艺、全球文艺和全球

---

①　总体性概念不是把一切形态看成孤立的、个别的存在,而是将之视为相互中介、纠缠交错的存在。在马克思理论中,总体性是一种社会关系的总体,即具体的、历史的一切社会关系的总和。

文化格局当中去看,去看人类各个平行体系之间的互相影响,预测它的来龙和去脉,提炼并且帮助其提升好的一面。

比如既然叫网络文学,一定有网络,网络就是互联网技术,科学技术对文学艺术是有影响的。如果你看到总体性就会发现其中的影响,而如果你用纯文学观去看,就会觉得有什么影响呢?!你不要理这个事情,依然认为文学就是纸质书面语意义上的语言好不好,不达到这个要求就不是好作品,科学技术、媒介是后面的事情,可以不谈,文学就是文学,为什么要谈科学技术?无理取闹,可笑!但是现在回到网络文学这个话题,如果你用局部观或者旧文学观去看待,这个事情就解释不通了。有些人会认为,那你是在屈从时代,或者是在通过做这件事情谋好处,网络文学本身就两个字:垃圾。在这样的一个思路观念里,我想,你是不可能理解网络文艺的。理解,深刻地理解,才会同情与热爱,这就需要我们用总体性的眼光全局化地看问题,也就是站在哲学社会学的总体角度来看今天的文化格局。

所以我要先讲一个当代文坛的问题。先来说说白烨老师,他是中国社会科学院文学研究所的研究员、中国当代文学研究会的会长,他从社科院已经退休了,但一直能够跟着时代文艺发展的脉络发表意见。他在 2006 年,为了消化中国正在变化的文学现象,提了一个框架性的东西,叫"三分天下说",这一说法使得原来纯文学不太理解、不太看得上的东西,终于有了一个理论上的安置。这个我认为就是一个总体观,就是回到总体性的一个方法。

所谓"三分天下"现在看来很简单,一是以文学期刊为主导的传统型文学,就是我刚才讲的,20 世纪 70 年代末拨乱反正一直到 20 世纪 90 年代新写实主义这一条中国文坛的主脉,很多熟悉的作家都是在这条主脉里诞生的,比如莫言、铁凝、王安忆、余华、苏童、贾平凹、迟子建……20 世纪 70 年代末到 90 年代是他们的成长期和成熟期,他们曾经或者现在的主要文学阵地就是文学期刊,机构是中国作家协会,主要奖项是茅盾文学奖和鲁迅文学奖。关于文学期刊,实际上我们过去从来不会理解它另外一个角度的理论意义,就是媒介。期刊是什么?期刊不就是纸质的媒介吗?我们叫白纸黑字,就是用纸张这种方式,用刊物这种方式,包括用图书这种方式去传播自己的文学作品,传播自己的小说、诗歌、散文等,这就是以文学期刊为主导的,换句话说就是以纸质媒体为主要媒介的一个文学时代特征。

第二个是以商业出版为依托的市场化文学,或者说大众文学。这也很好理解,各位想一想,20世纪90年代发展社会主义市场经济,中国从改革开放之后整体格局为之而变,2018年改革开放40周年,反复讲的很多成就,很重要的一个拐点或者说转型升级的点就在20世纪90年代。这个时候在我们文学界,依赖市场化的方法、手段、渠道,出现了很多商业出版,或者叫市场化文学。这个时候我们会发现,传统的出版社和出版人之外又多了一种人叫出版商,他们用市场化、商业化来运营文学图书市场,做传播,做营销。这个时候有一些畅销书作家,文学素养并不低,但是作品比一般的纯文学作者的要好看、要畅销,其中一个代表性人物,就是王朔,当

年王朔的小说主要是图书市场、出版商运营的，这
为他后续发展插上了翅膀，他应该是中国当代作家
里面较早跟影视发生关系的，他的很多小说不但图
书卖得好，影视改编也是最早的一拨。还有比如稍
后的海岩，《玉观音》《永不瞑目》的作者，也是商业出
版时期特别突出和典型的作家，并且同样能够看到
这一时期走市场的作家作品跟影视改编特别亲密
的关系，不但他们的作品因为畅销很快被改编成影
视剧，他们自己也多半投身编剧行，成为中国当代
较早完成跨界和转型的写作者。

　　第三个是以网络媒介为平台的新媒体文学，这
就是互联网文学。但是新媒体文学这个概念要比
我们现在聊的网络小说大得多。网络小说主要指
文学网站上连载的类型小说，玄幻、言情、历史、军
事、悬疑、侦探等，当然还有二级类型，盗墓、后宫（宫
斗）、宅斗、修真、修仙等。新媒体文学比这个大。讲
一个很简单的例子，比如微信公众号，很多微信公
号的文章传播率很广，阅读数 10 万＋、100 万＋，出
现了像六神磊磊、咪蒙这样的作者，这是不是新媒

体文学？应该是。还有比如当年的博客、微博，以及今天在豆瓣、知乎、简书等出现的各种文体的创作，也有很多是新媒体文学。

接着白烨的这个说法往下讲，我后来也有一篇专门的文章，写到了很多"新世纪文学"①诞生以来的新现象、新问题，这篇文章2013年1月发表在《南方文坛》上，题目叫《文学未来学：观念再造与想象力重建》。该文是《南方文坛》主编张燕玲老师辛苦约稿的结果，但是没有料到一个月之后《新华文摘》也全文转载了。很多领导干部，尤其是文化企事业单位的领导干部，看了之后就给我发短信、发微信，讲这篇文章他们读了之后有所启发。在这里面，我呼应了白烨的文坛"三分天下说"，我讲了一个东

---

① "新世纪文学"是对以全球化、都市化、生态化、市场化为显著标志的21世纪现代生活的艺术观照方式。作为一种具有前瞻性和召唤性的价值倡导，"新世纪文学"应该不仅仅是一个时间性的概念。依必然律和可然律预设，有学者认为，"新世纪文学"存在或隐或显的八大趋向：文学观念多元化，人文视野全球化，艺术表现自便化，题材范型都市化，生活关怀纪实化，生态主张明朗化，传播路径电子化，接受行为市场化。

西,叫"两个文坛",即我所观察到的中国最近 20 来年的文学现象,有"两个文坛"这样一种情况。

让我们把回忆拉到 1998 年的两个事件,这个年份非常奇妙,我们回头看,发现 1998 年有两件事:一件是第一届"新概念作文大赛"[①],是 1998 年启动的。第二件是后来搞网络文学研究的人回溯,把 1998 年称作"中国网络文学元年"[②],从此之后中国的网络文学确实出现了创作上的"大爆炸",数量、受众、产业价值不断增长,后来一直受到国家意识形态层面的关注。两个起点都很巧,在 1998 年,也就是接近世纪之交的那个时刻。

[①]　1998 年,首届新概念作文大赛启动。面向新世纪、培养新人才的"新概念作文大赛"由北京大学、复旦大学、华东师范大学、南京大学、南开大学、山东大学、厦门大学七所全国重点大学联合《萌芽》杂志联合发起共同主办,大赛聘请国内一流的文学家、编辑和人文学者担任评委。第一届"新概念作文大赛"主旨为"新思维""新表达""真体验"。

[②]　1998 年痞子蔡(蔡智恒)的网络小说《第一次的亲密接触》作为标志,媒体、学界之后将该年份叫作"中国网络文学元年"。而笔者考证认为,直接促成这一观点的事件是 2008 年中国作协指导,中文在线和《长篇小说选刊》联手承办的"网络文学十年盘点"活动。

为什么叫"两个文坛"呢？如我们刚才讲的，从 20 世纪 70 年代末拨乱反正，中国文坛的发展一直是以纯文学为正宗的。但事实上，在 20 世纪 90 年代开始的市场化和千禧年①之后的年轻人群当中，已经出现了其他的创作与阅读高潮，根本不在我们作家协会和传统的文学期刊的控制范围，也就是说，旧的文坛体制局部失效了。这件事情近些年又通过中共中央的强调，文联、作协、中宣部、统战部、团中央等各方面协作合力，愈来愈重视有关问题，从而慢慢追了回来，很多体制外的写手、作者成为体制内协会会员、团结的对象、新的社会阶层人士乃至"两会"代表。尤其是全国"两会"代表，截至 2019 年，网络作家有一位唐家三少，是全国政协委员；另一位是浙江的蒋胜男，由所在的温州市选举出来成为我们浙江省的全国人大代表。前者的代表作是在青少年人群中影响力很大的《斗罗大陆》，

---

① 千禧年又名千福年，其概念源于基督教教义，可以简单地理解为一千年。流行文化将 2000 年或 2001 年称为千禧年。

后者则是《芈月传》——此书的出版放在浙江文艺出版社。我是"媒人",也是《芈月传》图书的策划人之一。这些都是我所说的党委政府和社会主流强调重视后"追回来"的新变化。

但是 2013 年我写那篇文章的时候,这个问题还是迫在眉睫的。也就是说,1998 年到 2013 年,这样长的一段时间里面,无论是"新概念"出身的韩寒、郭敬明,还是网络文学出身的大神们,主要是市场化和粉丝在推动和供养他们,不在我们作协的视野里,也谈不上在党委政府的体制中。这是从 1998 年开始到 2013 年还存在的文学现象。所以这样一说大家就明白了,我为什么要谈当代文学这些年的文坛格局问题? 它其实是跟我们的改革开放同步的,但是文学有自身的拐点,这些拐点静悄悄地在发生"革命",非典型性"革命",不是像五四新文学运动那样的典型性的"革命"。但事实上变化已经发生了,创作和阅读的主流都与过去不同,网络文学影响的人口非常之多。我们来看看它的影响到了什么程度。

网络文学刚开始萌芽的时候，我选一个代表作家，安妮宝贝，我姑且把这个早期阶段就叫"安妮宝贝时代"。当时的网络作家代表人物也很多，安妮宝贝以外，比如宁财神、慕容雪村、今何在、蔡骏等。差不多1998年成长起来的年轻人群都在读他们的书。像安妮宝贝的书，很快跃迁到纸质图书市场，变成畅销书，是出版社、出版商的抢手选题，一部新书印数可以达到50万册的水平。但早期的网络作家跟今天的网络作家大相径庭。今天典型的网络作家被网站盈利模式和读者市场的阅读习惯绑架，是要"日更"的，甚至一日三更、一日四更，也就是说每天创作1—2万字都是常态。过去，唐家三少号称14年不断更（每天有更新），连续更新肯定超过四千天，他还拿这个去申请了世界吉尼斯纪录，他是一个典型的也是新型的劳模，我们把这样的工作状态下的作者称为"数码劳工"，西方社会学有专门研究数字时代新工人阶层的，今天的网络作家就是。

早期的网络作家没有这么辛苦，也不需要这么辛苦，还处于同好之人自娱自乐的阶段。他们的作品可能在纯文学刊物上比较难出现、难发表,这样一批文学爱好者、一批文青,投《收获》《人民文学》往往投不中,可能在《江南》《西湖》也不一定能发,既然不入他人法眼,刚好互联网社区出来了,他们就在网上自己写、自己玩,是一种社区化、社群化、部落化的玩法。他们有工作、有岗位,写作就没有压力,反正开始也没赚钱这回事,跟今天的网络作家很不一样。

那个时候出现的安妮宝贝、慕容雪村等,他们在今天的生活方式仍然很个性,偏文人。安妮宝贝似乎比较离群索居,写作遇到困难或者在京郊的别墅住得难受了就去一下云南、贵州、西藏,简直就是文艺青年的套路。她开始的小说代表作有《告别薇安》《七月与安生》《八月未央》等,后来则有《莲花》《春宴》,还有散文集《素年锦时》《眠空》。2014 年改笔名叫庆山,越发的朴实、禅意。

慕容雪村的成名作是《成都,今夜请将我遗忘》,写漂在成都的青年所经历的都市生活,理想与现实的撕裂、爱与性的交错,算一部都市爱情(反爱情）小说。他是学政法的，所以他的小说不少跟公检法有关，跟律师和案件有关，有很强的批判性。2009年，他突然去江西上饶的传销组织潜伏了23天，这个"操作"实在让我叹服，之后2010年他就写了一部长篇作品《中国，少了一味药》，这实际上近似于报告文学——他为了了解中国社会发生的一些特殊现象，比如说传销组织——不了解细节没法写对不对？他算是艺高人胆大，以人道主义的关怀和作家的责任感，潜伏到传销组织里面亲身体验里面的整个运作、生活，观察里面的人物，然后再逃出来。逃出来之后他向当地警方举报，还帮助警方一举端掉了关联的多个传销组织，解救了157名传销人员。这种写作的状态，完全不是我们想象的网络作家的写作状态吧？我们想象的网络作家就是宅在家里和电脑前，打怪升级换地图，肯定不需要到传销组织去卧底的。

所以，早期的网络作家跟我们现在理解的网络作家已经不太一样，这当然是由网络文学发展的不同阶段、不同代际的人所决定的；由环境或者使用网络创作文学的人群的层次、年龄段、教育程度等不同决定的。并且随着早期网络作家年龄的增长，以及自身的文学素养、知识结构的提升和完善，他们后来对社会或者对作品中的文学性、人性有了其他的追求。比如从文学性的角度讲，安妮宝贝的长篇后来也发表在《收获》上，慕容雪村则得了《人民文学》杂志的奖。我们也不要以为网络作家就是近似的一类人，事实上网络作家分很多种，变化实在很大。

到了现在，网络作家主要是像唐家三少、天蚕土豆、蝴蝶蓝、猫腻这样一些对年轻人影响非常大、收入也确实不低的"80后""90后"占其主流。一个最新的数据是说网络作家的年龄主体正在下移，大致是这样：2018—2019年的阅文集团签约作家中，"85后""90后""95后"占主体，为74.48%，其中"90后"占比最大，为29.9%。尽管"00后"作家的数量占比相对较少，但增长幅度则最大，同比上年增长113.04%，其次是"95后"，同比增长40.26%。在2018—2019年度实名认证的新申请作者中，"95后"

占 74％,"90 后"占 13％。数据可见,"00 后"的作者数量增长迅速,我们看到越来越多的年轻人愿意加入写作行列。

早期网络作家从"70 后"开始,刚才讲的"安妮宝贝时代"就是指"70 后"。那时的知名作者基本上都没有"60 后",中国互联网第一批年轻的用户且特别爱在网上做文艺的是"70 后",尤其 1975 年以后的作者,而 20 余年的发展变化、自然递进,现在的主力军已经是"90 后"了。

还有一些官方统计数据,大家可以了解一下。截至 2018 年 12 月底,中国网络文学用户规模达到 4.32 亿,占网民总体的 52.1％。网络文学用户在逐年攀升,这还是跟我讲的新媒体发展趋势有关,网络文艺整体都在涨。今天这个时代不断提示我们的,恰恰是我们过去不常想的一个问题:媒介问题。媒介正在具体的裂变交界期中引领风骚、改写历史。纸质文学恒定不变的年代,我们哪会想媒介跟创作之间的关系呀,不用想,你写了就发表,发表就要在杂志报纸上,没有别的媒介,所以不用想;而今天不同,很多人的机遇、很多人的挑战都与媒介转型脱不开关系。

没有新媒体,大量年轻人可能没有新的出口,这是一个事实。每一代年轻人,都需要有出头的机会,新媒介给现在的年轻人提供了一条渠道。我经常讲,技术或者平台,它是有民主力量在里面的,科技是一种民主力量,有时候比文学还要来得厉害,还要润物细无声,还要形势强于人。科技遇到反对的声音小,经常以一种促进社会发展,增加我们生活福祉,促进产业转型升级的面貌出现,大家都接受,从国家到人民都接受,接受了之后才会改变。这种改变一旦发生就不可逆,不可逆就变成平台,这样年轻人就有机会,菜鸟就能出头,颠覆了旧有的秩序,获得了自身的契机。我觉得这是个好事。

为什么中国才有如此盛大的网络文学

网络文学可以说是中国特色。这么大的体量,这么大的社会影响力,只有中国有。

会有人问："国外难道没有网络文学吗?"国外有,但不是这样的,也不叫网络文学,比如他们叫跨媒体写作,或者叫数字文本,日韩的轻小说①则接近我们的网络小说,但丰富性和影响力已经比不上中国网文。与西方的数字文本相比较,我们的网络文学是以文字为主、以讲故事的样式为基本形态的。学术一点地讲,还是文字中心主义的产物,也是类型化的通俗小说的网络模式。西方的数字文本更具先锋性、实验性及科技与艺术融合的特征,文字在其中只承担一部分功能,其他通过编程、图像、动画效果、音乐、跨文本链接等共同完成,形成一种在数字时代的重视数字艺术探索的全新表达的可能。这就跟我们完全不一样了吧。

有人要问:"网络文学为什么中国才有呢?"我也一直在想这个问题,觉得有几个主要原因:

---

① 轻小说(ライトノベル,Light Novel)是一种高效地将故事内容传达给读者的通俗的写作手法,也是通常使用漫画风格的插画的一种娱乐性大众文学和通俗文学体裁。轻小说可以理解为能让人轻松阅读的小说,盛行于日本。

第一,对于国外来讲,西方国家,他们有很多像中国一样的类型小说创作,这些类型小说创作从畅销书到影视改编也都很繁荣。各位所知的,尤其是各位的孩子们曾经非常喜欢的像《魔戒》、《哈利波特》、《冰与火之歌》(改编成影视译为《权力的游戏》)、《暮光之城》等,就是西方的类型小说,跟我们的网络小说非常像,我们的网络小说也一直学习他们这套东西。但是在国外,这些类型小说主要沿着稳定的渠道,就是作家创作然后纸质出版,然后再影视化的体系加以开发,他们从创作到出版比较畅通,他们的运营方式也早于中国,文化工业体系很成熟。而我们,可能当你写完类型小说以后却没有杂志让你发——发不出来的主要原因是所谓文学质量问题,我们的文学观认为这样的类型小说不是好的文学作品,甚至不是文学,没有必要浪费文学刊物的资源给这样一些作品,我们对讲故事的东西比较看不上,有人为的忽视。目前的所谓文学期刊,大都是在 20 世纪 80 年代中国文学观上建立的,它围绕"纯文学"有一套完整的体系、观念,讲故事不就是民间文学、通俗文学吗？金庸出名了，请他在《收获》上写一篇散文是可以的，但你不能想象金庸哪部小说会在《收获》上全文首发吧！因为从文学观念的考量，《收获》在第一时间大抵是看不上金庸的，他不是这个杂志体系里的作者。所以当时写故事的这批作家，肯定不会出现在纯文学期刊上。当然，20世纪80年代中国还是有一些通俗文学杂志的，比如《今古传奇》《故事会》等，这些通俗文学杂志有过全盛时期，但承载的体量或者故事的翻新速度完全跟不上时代大众读者的需求，也因为在国有体制内，这样的纯市场杂志总是会办不好、突然死掉。总体来讲，中国类型小说没有线下发展的常态渠道，文学观上也得不到尊重。我在2010年就写文章说过，日本文坛有两个重要的奖励新人的文学奖项"芥川奖"和"直木奖"，前者是我们所言的纯文学大奖，后者是我们所言的类型文学或者说大众文学大奖。1935年，时任文艺春秋社社长的日本文学领袖菊池宽同时设立这两个奖项。80多年来，当芥川奖为日本和世界文坛奉献了大江健三郎、村上龙、井上靖、安部公房、远藤周作、石原慎太郎、川上弘美、柳美里、金原瞳、青山七惠等新老名家时，直木奖同样为世界读者推出了山崎丰子、司马辽太郎、松本清张、水上勉、五木宽之、渡边淳一、林真理子、小池真理子、江国香织、京极夏彦、东野圭吾、石田衣良等了不起的作家。两个奖项的评审都非常严格，作为大众文学的直木奖经常有因其自身文学标准的考量而空缺的情况。我的意思是，从当时这种双峰并峙的设计，一直到对于评奖的严肃认真，这都是因为在日本文学界的观念世界里，大众的类型文学创作是有价值的文学创作的一部分，应给予肯定。

第二，就是国外对知识产权规范得早，所以非常重视。国外的法律环境及作家的版权意识是很好的，作家从创作到出版非常顺，人们的习惯也支持对知识产权进行购买消费。反观我们，很长一段时间，相对比较无所谓，尤其是对网络小说、网络文学。不就是纸质杂志发表不了的吗？既然发表不了，那就在网上写了大家免费看看呗，写了之后在网上传播，传播就是第一要务，通过传播得到同道中人的认可，传播和反馈本身就令作者有满足感、成就感。到后来人家说给你出书，尊称你为作家，很多网络作家就非常高兴了。从知识产权意识和习惯来讲，这么一个周期里，中国不太讲究；但对于网络文学的兴盛发展来说，写了就上传，上传后被复制和评论，这有助于业余的、草根的人们兴之所至开始大量写作，也因知识产权环境宽松大量流传。

第三，还有一个原因，为什么中国的网络小说是这样的，而不是那样的？这跟"70后"有关系。在座的有很多是跟我一样的"70后"文艺青年吧，或者说曾经是。当年如果你要表达自己的文艺冲动，用什么方法？当时连黑白相机的价格都很高，所以只能通过文字来表达自己的思想情感。所以我把这个叫作"媒介机遇"。

当"70后"遇到互联网，他们的文艺倾诉就转化成早期的网络小说。刚好时代也需要这样一种文学介质来满足大众对文化的需求，这个事情就办成了。网络小说不但变成了一种新媒介的内容去传播,而且形成了盈利模式和巨大的产业链。从今天的主力"90 后"讲,比如我现在在大学的文创学院教书,学生都是"90 后""00 后"的研究生、本科生,这些年龄段的孩子一上来都会拍东西,他们不太看得起或者不太在乎文字了,他们完全可以通过机器拍一个微电影、拍一个纪录片,甚至一个院线电影。那为什么近年还有那么多"90 后"变成网络作家,成为网络文学创作的主体人群呢?仅仅是因为他们的文艺情结和故事情结(可以发现他们中仍然充满了文艺青年和故事青年)吗?以他们的擅长,文艺和故事可以直接拍东西呀,哪怕用抖音之类的短视频软件,用微剧这种小成本方式——所以我们看到,是"70 后"开始并构架出的网络文学产业价值、利润、模式,使得"90 后"仍然愿意选择文字形式来讲故事,通过写网络小说来赚钱。我假设过,如果中国互联网的开放直接对接的是熟悉视觉表达且手中机器成本愈来愈低的"90 后",可能就没有网络文学了,他们会直接用影像表达自我感受和叙述故事,而非文字。

影响网络文学的四种基本力量

中国的网络文学有其生长的环境,随着其发展壮大构成了更为复杂的"场域",也就是说,有很多社会力量在以网络文学为核心的这一时代现象上发挥着作用,合作或者博弈,形成了一种动态的矩阵效果。从我的研究讲,场域内影响网络文学的至少有四种基本力量。

第一种力量是受众,也就是读者、用户。我们过去把纸质时代的阅读人群叫读者,现在实际上都是用户,在二次元就可以叫"粉丝"(Fans)。

第二种力量是产业和资本。过去我们讲,作家不要谈钱,作家不谈钱是可以的,但我们做社会分析,一定要知道,背后有钱(产业经济)在起作用。当然,我希望作家不要铜臭气,这是应该坚持的价值立场,文学自然有高于商业的东西,这是它在人类文明中发展出来并赖以安身立命的宝贵品质。按照习近平总书记在文艺工作座谈会上讲话的精神,就是社会效益和经济效益要辩证统一，但首先要讲社会效益。这一点我举双手赞成。因为我身边的网络作家在这 20 多年的变化，心态的变化、身份的变化太大，有一些已经把社会效益和经济效益完全颠倒了。可无论怎样，产业和资本是我们这个时代逃不掉的话题，在文艺领域也是如此。

第三种力量是国家政策，或者说国家意识形态。国家政策可能更刚性一点，更让人容易理解；而意识形态，每个体制、每个阶级都有自己的意识形态，不同国家的意识形态有各自的标准，这些标准往往通过政策来达到。

第四种是文学知识精英。这里主要指以学院派和文学界精英为代表的，受过文学系统教育，有相当文学审美经验和文学史知识及其判断力的人群，他们拥有着一定的命名经典的权力。他们介入网络文学，对之有所评判。

当时我以《影响网络文学的力量》为题，在《人民日报》把这四种影响网络文学的基本力量的观点初步提了出来，现在已经成为一种比较普遍的被大家参照引用的说法了。

这四种基本力量在事实的社会领域中会构成一个矩阵关系。或者说,20多年来,这四种基本力量在中国社会现场的入场顺序及其发展状况,都是不均衡的。早期,我们没有意识到网络文学是文学,所以文学知识精英基本上不介入。国家意识形态,也就是党委政府,也谈不上介入,因为早期网文不过是一些年轻人的自娱自乐,既非主流文化,也没有产业价值。像中宣部,在20世纪90年代中后期的注意力肯定不在网络文学上,那么哪个部门介入呢?工信部。互联网嘛,不就是工业和信息化吗,所以是工信部的事情。但是我们看到,随着时间的变化,各种力量在网络文学上越来越聚焦,合力的形势越来越清晰。目前为止,我提出的四种基本力量中相对薄弱的还是最末这一块:文学知识精英。知识分子对这块还没有完全想明白。怎么调整?是精英意识作祟,还是精英本身就需要整体转型?这是一系列问题。

我是这里边想得比较早的,也是比较积极的。

结果变成了旧同行的先知,也变成了旧同行的叛逆。其实他们总在"投降"里打转,而忘却了知识分子不是只有怀疑的传统,还有引渡文明、重构人文理想的传统。我接下来就跟大家介绍一下四种基本力量的具体情况。

力量一:受众

第一种力量讲受众,大家一目了然。没有读者,没有"粉丝",就没有作家创作的动力,也失去了传播的对象。所以受众一定是第一种力量。

网络小说主要是读者文学、读者小说①,也就是说它是完全考虑到读者感受而进行的创作。这首先说明它肯定是市场化写作、商业文学的一种,而重要的是,互联网技术和平台放大了这种为读者之好恶而写作的可能乃至必要。因为在网络小说创作更新的过程中,作者和读者的关系超越了传统二

---

① 读者文学、读者小说是指以读者为价值导向,以满足读者的阅读兴趣为出发点的文学或小说形式。

者的媒介限制，体现出互联网文艺最大的一些特点，比如即时性和互动性。某位作家今天晚上 10 点一定贴 5000 字给你看，贴完作者则可以看到读者阅读更新章节后的即时评论，还可以选择要不要与个别读者的意见进行交流，然后作者第二天的写作构思可能就会受到一些意见建议的影响，作者要让读者满意。这种互联网特征过去是不可能完成的，哪怕报纸连载也只能若干天后收到报社转来的读者来信，提供一点事后的意见。

这其中，有少数的作家，他用另外一种思路方式去跟读者即时交流，去改造小说，让读者也同样快乐，那就是他不断地"挑战"读者（而非直接吸收读者意见的"顺应"结构），他其实仍然在跟读者互动，让读者有发言权——这是互联网平台及其功能设计所允诺的，读者随时可以骂，也随时可以捧，捧完、骂完之后读者期待着第二天、第三天能看到小说跟他们的反馈有什么关系。结果这位作者第二天基本上不按照读者猜想的来写。这样的操作一般会被读者骂吧？我们会觉得，你这么不听读者的话,肯定要扑街了。但就像我讲的玄幻小说大神猫腻,他很厉害,你们读者讲过的,比如猜想人物情节必然这么写、那么写,我就不从,我想方设法写一种你们读者没有想到的！这个办法很好,因为作者的原创性还是能够得到保证,为什么读者还会不离不弃呢？读者认为你牛,我们想到的 100 种你全不写,你还能写第 101 种,我们喜欢你,爱你。在粉丝至上的时代,这样的作家是少数,因为这毕竟要靠智慧和功力才能达到。

但总的来讲,今天的网络文学是按照读者喜好走的,非常商品化,其性质类似于我们去超市买东西的感觉。进入文学网站就像进入一家大超市,首先你的目的很明确,我今天来就是因为喜欢什么类型,想挑什么类型。甚至很少有读者例外,比如一位资深的男性网文读者,说他去起点中文网除了读玄幻小说,还要读言情小说,甚至找找有没有纯文学作家的作品;或者说我只是逛逛,看到什么都有可能停下来阅读。很少有这样的男同志。他们就跟去超市买东西一样,去干吗？解决买东西的问题。妻子让我买酱油、料酒,或者是晚饭要点蔬菜,买完之后他就解决问题了。在互联网文学"超市"里,分类非常明确,哪些商品在几楼哪个区域,网站已经为你提供了分类的服务。这些服务都是商业市场的规矩,跟现代都市的功能化、网格化生活及欲望满足方式直接相关。

还有,比如网文日更的问题。以前我们看电视剧、肥皂剧,每天到点如果缺了那两集,心里就落空了,但如果哪一天突然播了三集、四集,则像天上掉馅饼,有了意外之喜。这个感觉跟读者期盼每天按时能见到作家更新其网络小说是一样的。若说有何不同,那就是今天读者的权力更大,至少话语上可以随时批评,比如作家说自己因为家里有事、因为笔会、因为社会活动等停更一两次,读者一定立马留言警告他,甚至爱之深恨之切地批评他:不要找这些借口,不要堕落,不要不负责任……所以,催更成了粉丝的专有名词。这就是读者每天固定的消遣娱乐,读者出钱买服务,你没有做好你的服务就不合适了,就可能辜负了读者的等待和喜爱。这种情况不可能出现在传统作家里吧,不光说传统媒介在硬件上不支持这样的服务购买关系,关键是传统作家认为这是很没有尊严的! 但是网络作家生长在这个模式和机制里,认为这就是我的事业、岗位,甚至说这背后有一个个人和家庭生存的问题、生存的目标在那里,作者要活下去,而且要活得好、要创富,就得遵守这种消费服务的规则。某种意义上,网络作家也可以这样自我劝慰,读者之所以催更,有批评声,是因为爱我(我的作品),恨我不勤快,他们对这个小说还有期待,还没有寻找到替代品。这种特殊的创作和阅读的关系,在这个时代被互联网的商业机制包装了之后,现象就是这样的,大势上不可逆。

举一些关于读者中心的观点,浙江的大神南派三叔,他现在不主要在网上写了。当时他有一句话非常出名:"事实上,凡不以好看为目的的写小说都是耍流氓。"你会发现,很多网络作家写了一部数据不好(读者不够认可)的小说,他马上就重新开一个新小说,因为之前的没有人看,那就接着琢磨门道、绞尽脑汁去想一个让你觉得好看的作品，这样去赢得他的粉丝和写作的成功。所以对网络作家来讲，"凡不以好看为目的的写小说都是耍流氓"，换言之，你不要拿不好看的小说来要求读者看。这句话非常有典型性。

猫腻的说法没有那么偏激，说得挺理性，更容易为大家接受。他说："苏童的书我就很喜欢看，但我不认为他跟我们网络作家是一个业态的，这不是网络文学和传统文学的分别，可以说它就是纯文学和商业文学的分别。"这句话非常理智，讲常识也摆态度。"这有点像托尔斯泰和大仲马的分别，托尔斯泰我们认为他是搞文学的，大仲马是搞商业文学的，大仲马的目的就是让读者看着爽，大仲马也是经典，但是大仲马就是写好看的小说。托尔斯泰写小说，他的目的不是为了好看，是为了伟大而写作，为了人道主义而写作，好看不是他的目的，或者是次要的目的。"所以他后面又讲，"这又好比另外一个例子，马尔克斯的《百年孤独》，百年孤独卖得很好，但你不能说它就是一个商业小说。"《百年孤独》

不是商业小说,卖得好不等于是商业文学,马尔克斯写这本书的时候不是为了卖钱去写的,只不过他写得真的很好,所以卖得很好。他接着又举了一个对比的例子:金庸。"金庸当年在报纸上写连载的时候,他就是为了报纸的销量才写下去的。这跟大仲马是一样的,就是为了挣稿费。"把话讲得非常清楚了,托尔斯泰是伟大的文学,大仲马是好看的文学,马尔克斯是伟大的文学,金庸是好看的文学,一个是纯文学,一个是商业文学,但都是优秀的作家,都是经典的作品。这个大家听得就比较清楚了,猫腻说得很透彻,我同意这样的观点。

力量二:产业和资本

再来说说产业和资本。这个力量在场域中非常强大,也很重要。一个典型的表征就是作家富豪排行榜。这几年还把"富豪"二字去掉了,因为我们的价值观不允许。

到 2017 年,唐家三少在网络作家榜里独领风骚,个人年收入 1.3 亿元。第二位的天蚕土豆现在是"移民"落户到浙江杭州的作家了,年收入过 1 亿元。过去我们讲这个,越往地方,党委政府就越重视。比如杭州滨江区的网络作家村,邀请网络作家在这里搞工作室,搞影视,然后到这里交税。因为越是基层,越关注产业发展、经济增长的问题。

网络作家既然有那么多富豪了,能不能全国遍地开花,变成全产业链爆发的增长极呢?理论上当然是可行的,但为什么我接下来又要说,不能看到这个榜就一味觉得网络作家很富呢?

我们来看另一组数据,依现在最宽口径的统计,中国现在有多少网络写手? 1400 万人。这个不得了,那么多。我们会觉得这个数字太大,里面肯定有重复的比如同一个作者好几个号,或者有些号写了一点不写了成了僵尸号。那么,还有一个窄口径的数字,这个数字是从各个网络文学网站调取的签约作家数字之和,加起来有 68 万人。也就是说,中国有小到 68 万人,大到 1400 万人的网络作家群。大家看,哪怕是按 68 万作者算,唐家三少只有一个,把天蚕土豆算进去,年收入破亿元的网络作家只有两位,六十八万分之二,比率不高。所以,如果我们单看一位作家一年的版税收入居然可以过亿元,不免惊叹,多少中小企业还远远不如;但我们要知道,过亿元收入的作者不过寥寥,比较起来,过亿元利润的企业却多如牛毛。综上,我们可以这样说,网络作家是最近这些年(特别是 2013—2017 年)的一个创新创富的热点,已经诞生了年收入破亿元的高收入代表,但从产业体量和从业人数来算,这个行业却是一个"白骨累累"的竞技场,有百万甚至上千万的作者还只处在温饱线上。

对照一下传统作家富豪排行榜,收入最高的肯定不是纯文学,而是儿童文学。各位做家长的都知道,家长一般不太愿意让孩子读网络文学,但是愿意让他们看儿童文学,比如杨红樱、郑渊洁、沈石溪、曹文轩,这些作家因为家长的点头同意,孩子又喜欢,纷纷跃上了收入排行榜。

在文化产业和资本里面,近年最大的热点还是网络文学与影视,这确实是产事业融合发展的一个典型样本，我们能特别看到。之前说过，IP（Intellectual Property，知识产权、智力成果权）这一英文缩写成了中国文化产业的热词、核心词，主要就是因为网络文学带来的影视改编效应，因为这其中蕴含着网络文学-影视之间都非常重要的东西：一是故事，我最近的讲法是"故事的世纪红利"；二是"粉丝"，小说或者影视的追随者、读者、观众和用户，这也可以说是"人口的红利"。

从中国大陆的网络文学影视改编来讲，最早的像男同志特别喜欢，甚至让海外观众热议的《亮剑》，军事历史类的小说，都梁原著，李幼斌、何政军、张光北、童蕾等饰演。当时红极一时，复播率极高，就像2011年《甄嬛传》的复播率。但太早了，《亮剑》是2005年播的，2006年拿了金鹰奖、飞天奖，但当时大家的注意力还不在原著小说是不是网络小说这一问题上。

大陆有意识地对网络文学进行改编的，在电影领域，应该说是2010年的《杜拉拉升职记》，原著李可，黄立行、吴佩慈、莫文蔚等主演，电影很红，后面还有同名电视剧。但在电视剧领域,真正的网络文学意义上的改编爆款是 2011 年的《步步惊心》,男女主角后来结婚成了夫妻,也就是大家熟知的刘诗诗和吴奇隆。这个电视剧的爆红,是一个标志性的升级点,《步步惊心》的小说原著作者桐华,是典型的网络言情小说大神,江湖上赫赫有名。然后就是 2011 年的《甄嬛传》了。原本以为,《步步惊心》已然是一个网文改编剧、宫廷戏的高峰,很难短时间被超越,结果郑晓龙导演的《甄嬛传》以 76 集的篇幅出现,孙俪、陈建斌、蔡少芬、刘雪华、李天柱、蒋欣、李东学、陶昕然、斓曦、张晓龙等演出,阵容强大,导的和演的都不得了,连很多配角都能出头,成为娱乐新闻人物,这样,一年间把网络文学改编剧数量拉到了新高,也让"宫斗剧"这样一个名词家喻户晓。小说原作者流潋紫,浙江湖州人,在杭州居住生活,她是 1984 年生人,2006 年在浙江师范大学中文系读大三的时候开始创作《后宫·甄嬛传》,她本人就是香港 TVB 电视剧尤其是宫斗戏的爱好者。我是对《甄嬛传》介入颇深的人之一,是它整套图书修订典藏版的策划人，有媒体把我叫作"《甄嬛传》背后的男人"，所以我把包括流潋紫在内的作者们的故事写成了自己的回忆录、纪实文学——《大神们：我和网络作家这十年》，有兴趣的可以找来读一读。这算是个硬广告。《甄嬛传》的影视剧是一个收视率、复播率，包括海外传播率的绝对高峰，至今都站得住脚，不易超越。

就这样，由影视产业拉动网络小说产业价值的一个现象，很快以燎原之势呈现在我们眼前。网络文学作品一部部诞生了，几乎每年都有可圈可点的若干部改编佳作甚至爆款剧诞生，尤其是比较扎堆的暑期档和跨年之际。像古装历史剧、仙侠奇幻剧、言情剧肯定是其中最重要的类型，现实题材的也不错，一类是像《余罪》《无证之罪》《橙红年代》《法医秦明》这样的涉案剧、推理剧，一类则是更加符合主旋律期待的创作，代表者如2018年年底的改革开放献礼片《大江大河》，原著作者阿耐，浙江宁波人，也是《欢乐颂》《都挺好》的作者和编剧之一。这种网络文学的多样性、多类型性直接支持了位于下游的影视产业,影视资本则大力推高了一轮网络小说的产业化水平、价值,在 2013—2018 年,诞生了二者良性耦合的蜜月期。

网络文学除了与影视产业,还有就是与游戏产业的关系也很深。事实上,2013 年前后最先对网络文学进行 IP 资本化的是游戏产业,当然男频的小说在游戏上的改编、版权应用等更为常见、更有价值,因为都是打怪升级换地图。甚至有些网络小说就是电子竞技文,像蝴蝶蓝的《全职高手》,小说主人公叶修是位电子竞技的职业高手,在书中他打的游戏叫作"荣耀",从书中该游戏的设定来看,其职业及技能主要取材于韩国 MMOACT① 类游戏"地下

---

① MMOACT 是英文"Massively Multiplayer Online Action Game"的缩写,意为"大型多人在线动作类游戏",是网络游戏按照游戏内容构架分类的一种。MMOACT 由单机版 ACT 游戏发展而来,这类游戏提供给玩家一个训练手眼协调及反应能力的环境及功能,通常游戏要求玩家所控制的主角(人或物)根据周遭情况变化做出实时的反应性操作,如移动、跳跃、攻击、躲避、防守等,来达到游戏所要求的目标。此类网络游戏讲究逼真的形体动作、火爆的打斗效果、良好的操作手感及复杂的攻击组合等。

城与勇士"，玩法则取材于"魔兽世界"和"第九大陆"。这部小说深深地吸引了大量爱好电子竞技和网络游戏的读者，被奉为该类型的巅峰之作。因此，"胡润原创文学 IP 价值榜"对这部小说的产业价值评级就非常高。事实上，它也被改编成了游戏、动漫、舞台剧等一系列的下游产品。

　　总体来讲，由于网络文学生成了大量的好看的故事，这些故事极易被同样属于大众文化产业链的下游产业吸收转化为其他文化产品，形成滚雪球一般的产业价值，并可以将上游优质 IP 的原生粉丝导向下游产品中，二次创作生产的同时已经拥有了一定票房、玩家。基于这样一种现代文化工业机制，流动的热钱就会以投资资本的名义进入任意一个生产环节，推动网络文学 IP 与整个产业链条的大生产，形成新的投资领域、热点、资金池和游戏规则。

　　认识了这些现代产业规律在文化市场、网络文学中的作用，我们就能反向地更加明确网络文学是一种什么样的创作。即它不可能纯粹的是一种个体化的、自我倾诉的、小众领域的作者文学，而是顺应时代发展,强烈地渗透着经济因素、市场要素的商业文学,一种文化工业的头部资源。

我最近几年也是在这种对网络文学、网络文艺的深入交流接触下,重新考虑我们认识、应对、介入的方法和观念的。2020 年初我申请获批的国家教育部的规划基金项目就是"网络文艺新型文艺特征及其评价体系研究",我认为,网络文艺是一种"新型文艺"。注意,我们国家的有关文件文献里,像《中共中央关于繁荣发展社会主义文艺的意见》,还有习近平总书记的系列讲话,都有讲到互联网"新兴文艺",他们在总体上都是高瞻远瞩、立意发展的,对于新生事物的表述也还是要谨慎一些,现象描述就够了,所以称之为"新兴文艺",即新兴起的、繁荣的文艺。而我讲的是"新型文艺",一字之差,则更加肯定、更加强调其已经形成、有所范型。学者研究可以这样做,要站在一般基础上更具体、更深入地研究问题,提出观点,对当下和未来有所促进,当然一切也要有理有据。我所谓"新型",就是由很多要素共同达到、构筑的,其中一个最重要的标准,是指它跟产业高度合一。网络文学作品从总体上讲已经不是一种离得开产业和资本的文艺创作,这种趋势目前来看不但不可逆,它甚至是一个发展或者成功的必要标志。我们任何一个搞互联网文艺的,哪怕是短视频,你在平台上播,平台就是产业与资本构成的,你不可能离开平台去播自己的作品。哪怕是非常低调或者逍遥派的平台,比如比较文艺的"豆瓣",也无法离开产业和资本活下去。互联网的公司要活下去,一定要有产业和资本的发展规划,那么这必然会影响每一个创作者,你只要一发表作品,就已经进入一个商业平台,这个商业平台会鼓励你、引导你、帮助你获得巨大的利润和流量。这是没有办法的。某种意义上,这已经是一种"新型文艺"了,因为你不可能不谈产业影响而专讲文艺,专讲文艺也可以,但那更像一个削足适履的传统手工活,不够客观,不够文化社会学,不够政治经济学,不够马克思主义,在业态、生态里说服力也很有限。

而且,从创作者方面讲,他们自身思维里也已经构架了一个商业思维在里头。如果不是有这个商业思维,他们怎么会精准地把握到、捕捉好读者的口味、喜好和消费呢! 如果不是有这个商业化的目的、愿望甚至野心,他们为何不去做纯文学创作呢? 在产业与资本的格局中,这种作者的商业写作思维与其说是被强制的,不如说是主动养成的。

力量三:国家意识形态

第三种力量,国家意识形态。这顺理成章。在国家意识形态或者国家政策层面,文学艺术向来是有法律法规、检查制度,也有资助和鼓励,一般是多管齐下的。那么对网络文学这样的相对新兴的门类,有什么样的法律法规、检查制度、资助鼓励来显示它的价值立场和一些传播的边界呢? 这总的讲还是崭新的,随着网络文学艺术的发展而发展,很多都需要磨合。我待会儿会提一提有些我认为磨合得还不到位的地方。

首先,大家应该没有异议的是这一段话:"任何国家都通过法律法规、检查制度、资助鼓励等来申明他们的价值立场和传播边界，其主要目的是引导和规约有社会影响力的文学艺术在现有法制与公序良俗间的尺度。"这是我在《影响网络文学的力量》里的一句。百余年来，我们每次民主运动都会讲中国不够自由，那么美国就全自由吗？事实上也不是。西方的文学艺术产品或者作品，它没有国家意识形态的输出吗？事实上，今天民智开发、眼界宽阔的我们也知道完全不是。我们越来越清楚像美国大片（电影、电视剧）是一种国家意识形态的制作和输出形式。这种用文艺化的手段进行的意识形态输出，润物细无声，通过形象、感性的熏陶，你不知不觉就全盘接受了。

关于以美国为代表的全球文化策略，欧美学者自己就有不少研究，讲得非常清楚。这些著作翻译过来的也不少，各位有兴趣的可以找一套《国际文化版图研究文库》（颜子悦主编）的译丛来读，这些西方学者的著作书名就很说明问题，比如《主流——谁将打赢全球文化战争》《好莱坞——电影与意识形态》《美国文化中心——美国的国际文化战略》《好莱坞内部的中情局——中央情报局如何塑造电影和电视》《作为武器的图书——"二战"时期以全球市场为目标的宣传、出版与较量》……大家一听这些题目就知道了吧。这些研究著作翻译过来让当下学界同仁阅读后,我想会让很多高校的人文知识分子多一个看问题的视角——我们过去看到的确实是文学艺术本身,觉得这个西方小说写得很好,觉得这个电影太劲爆或太艺术,这些文学艺术语言的运用固然有一个放眼看世界的过程,值得我们学习模仿与尊敬,但是我们是否从国家意识形态、民族国家之间的文化战略角度思考过这些作品背后的潜移默化的问题呢? 现在看到这批研究著作,我们恐怕更了然了文化、文艺跟国家意识形态、跟全球文化战略的关系。当然,今天的中国也充分认识到这种历史经验和遗产,开始设定属于我们文化的全球化策略了。

在这个意义上,我们现在发现,其实中西都有正常的法律法规管理,都有战略性的文化输出与碰撞,甚至将来可能会发生更多的对攻。这对我们做文学艺术的人来讲完全是崭新的一个局面,当然也未尝不是契机。

过去做文学艺术,你恐怕不会有什么战略意识,最多是在艺术和通俗之间计较来计较去。高校的人文知识分子则长期沉浸在过往的学术体系里面,这个体系哪里来的?从五四到今天,主要还是从西方来的,然后经过了几代中国知识分子的加工,以及国家教育部委、文化部委的修正认同。并且我们最近几代的人文知识分子很多是一路在高校读学位时习得的,他们的文学观、学术观非常认可这种既定的体制、体系,不太可能反对,也不太可能思考如何随着时代和国家使命而主动调整转变,根据中国需要来加以更新,使之更为有机化、中国化,结果就往往表现得很被动、很委屈,充满内在的对抗;另外,又因为他们长期不需要考虑战略问题,很多就是对纯文学、纯艺术的文本细读,不在乎(或者排斥)什么社会价值或战略意义的考量,以至于我们的文科学者做的实际上就是"论文生产",其活态意义在衰减。所以高校人文社科的知识分子有一部分完全可以解放出来，去开展文学艺术、文化方面的智库型研究、战略性研究或者全球化研究、社会学研究，这些研究我觉得确有其必要。在这个意义上，我也客观地认为国家意识形态在文学艺术里的呈现是正常的。你怎么反对，也不可能抹去历史上中西文艺都有一个面是跟政治接壤的这一事实。

网络文学的一些利好的国家政策，是通过中央的文件或者一些重要的讲话的方式表达出来的。一些节点可以跟大家介绍一下：

2014 年 1 月 15 日，习近平总书记在文艺座谈会上讲话，72 位文艺界的代表人物参与了这个会议，其中有两位网络作家，这是一个重大事件，大家都解读为一个信号，一个中国的社会主义文艺包括了网络文艺的肯定意见。

2015 年《中共中央关于繁荣发展社会主义文艺的意见》，这个文献是我们反复讲到的。里面 6 个部分 25 条，专门有一条，对我们做这块研究的人真的起着撑腰的作用,叫作"大力发展网络文艺"。"网络文艺"这个词过去即便有人用,但基本上还不普及,我们学界做研究,在此之前也很少有用"网络文艺"来长篇大论的,媒体也不太用。用的普遍只有"网络文学"这个词。"网络文学"确实是民间创造的,这个词产生得非常早,它不是从上到下的一个词。但是"网络文艺"这个词是从上到下的,习近平总书记在此前几年讲话中就用到过,而在公开的文件当中加以定型并专门论述的,就是这个2015年10月20日的《中共中央关于繁荣发展社会主义文艺的意见》,其中提出的"大力发展网络文艺"。

浙江当时已经是全国网络文学工作的重镇和样本了,我们做了这么多工作的人对网络文学还是很有自信的。而对于"网络文艺",从学理意义上也早就意识到这个词意味着互联网文学艺术即互联网上的创作和传播已然不可阻挡,未来将迎来大发展,所以迫切需要正名。但是这个话不是我们这个层面能够说了算的,不敢提,但中央文件直接叫"大力发展",我们觉得还是很给力!所以我那个时候写了文章《网络文艺："必也正名乎"》，发在《文艺报》上，说这个事儿的价值意义。

国家层面的政策措施，针对网络文学每年都有的行动有两项，一个叫"剑网行动"①，一个叫"净网行动"②。既有打击盗版，也有对网络文学涉黄、涉黑、涉红的小说进行打击取缔。我们有网络小说作者被刑拘的。对这些问题进行清理有其法理上、社会治理上的必要。但我跟国家广电总局③有关司处的负责同志聊天，我认为对网络文学可以采用"媒介管理论"，也就是既然一定要管，那就管到媒介

---

① "剑网行动"是贯彻实施《国家知识产权战略纲要》，净化网络版权保护环境的专项治理行动。主要以打击网络侵权盗版，查处此类大案要案等为目的。

② "净网行动"即"净化网络环境专项行动"。净网行动是全国"扫黄打非"工作小组办公室、国家互联网信息办公室、工业和信息化部、公安部为依法严厉打击利用互联网制作传播淫秽色情信息行为的特别行动。

③ 原国家新闻出版广电总局，是国务院直属机构，以促进国家新闻出版广播影视业的健康繁荣发展等业务为职能。2018 年 3 月，根据国家机构改革方案，原广电总局的新闻出版管理职能划入中宣部，对外加挂国家新闻出版署（国家版权局）牌子。

去，像过去的出版社、杂志社，媒介法人负责制，不要到作家身上去。这个在传统文学上也是如此。作者在平台写作、发表，某种意义上还是创作自由的范畴，但平台是个责任经营单位，法人及其管理团队是平台主体，就跟出版社社长、责编这一体系一样，理论上讲，他们有管理责任也有管理能力。如果直接管到作家，一是管不过来，二是你管得太细太末梢，大家会觉得伤害力太大。所以"剑网"和"净网"现在很多一是管面上问题的，二是管法律法规不允许的，三是媒介管理。

当然也还有很多其他问题，比如说我们有一个对文学网站屏蔽词库的管理，其实所有的媒体都有类似的词库，但是网络文学的屏蔽词实在是太多了，而且更新速度太快，经常要设置新的屏蔽词词库，然后有些词库你看了之后也不知道为什么要屏蔽，专家开会讨论也讨论不出所以然来。因为既然是媒介管理，网站怕自己被追责、被处罚、被停牌，除了上面给的屏蔽词库以外，网站自己还会再定义一个更严格的屏蔽词库或者一些管理条例，比如说

"脖子以下不能写",省得小说写到身体器官,所以就一刀切直接弄干净,这样的例子比比皆是。

既然正规的文学网站被管得死死的,按照媒介管理论被管制住了,但为什么我们总觉得网络文学不安全呢? 其实是有不少非正规的尤其是服务器在境外的网站依旧在大量地上传淫秽的、盗版的文字,并通过特殊的管道传播其网址,跟管理部门打游击战,使得青少年思想道德及正版数字阅读面临困境。所以现在一个民间的声音就是,如果我们把依法经营的服管的网站管得太一刀切,而打游击战擦边球的不正规网站却钻了空子长期存在,或者将来慢慢洗白,这是不公平的。这就呼唤我们的管理更精准,有弹性,有重点。

然后,我们来讲讲国家意识形态特别提倡的"正能量"这个词。这个词跟政治有没有关系呢,有关系,但是这个词的日常使用也可以淡化政治,或者说把一些显豁的政治意图掩饰掉,它可以是一个道德层面、社会层面、人生哲学层面的词。另外,我们创造性地成立了网络作家协会,用协会的方式把网络作家组织了起来。文学艺术家过去就有协会组织，我们的政治体制里称这类组织为"群团组织①"，但并非什么协会都可以视为国家体制中的群团组织的，所以这类组织是拥护中国共产党，在党的领导下实现党联系某个方面群众的"桥梁和纽带"。网络作家是 21 世纪以来逐渐涌现和蔚然成势的某个方面的群众集体，拿统战口的说法，是"新的社会阶层代表人士"的一部分、一个新兴种类。他们在社会主义文艺中已经也必将发挥更大的影响力和作用，他们的文学艺术作品要承担社会历史责任，党对他们有团结引导的义务，也有希望他们写作"正能量"作品的要求，而囤积了大量作者的文学网站是商业主体，是公司，如何联系这部分群众代表构成"桥梁和纽带"呢？这就需要创生网络作家协会这样的新型组织。事实证明，我们自从成立了网络作家协会，把工作做到位，交朋友、讲政策、出

---

① 群团组织是"群众性团体组织"的简称，是当代中国社会团体的一种。发挥着中国共产党联系各界群众的桥梁纽带作用。

福利,完全依靠市场的网络作家顿时产生了更多归属感、荣誉感,大家把事情办好了,很多问题都迎刃而解。

当体制尤其是各级各部门领导主动了解网络文学,平等与网络作家交心、交朋友之后,结果和收效是怎么样的呢？我举几个例子大家就能窥豹一斑。

一位是我们浙江省的政协委员、浙江省作协和省网络作协的副主席,网络作家管平潮。他写的小说类型主要是仙侠,有《仙剑问情》《仙剑奇侠传》《血歌行》等作品。在2014年浙江省网络作协成立之后,他与作家协会工作配合紧密,比较热心,群众关系也很好。创作以外,他在政治学习上也很有心得,是一个典型。一次,他列席杭州市两会,午饭同桌时,我们很多政协委员在一起,不少是市一级机关事业单位的局级、处级干部,大家对网络文学既感兴趣,但大多数又对细节知之甚少,所以有机会这么畅聊一下增进了解和友谊。我因为兼任着省一级网络作协的常务副主席和市一级网络作协的主席，他们就会问现在网络小说的价值观怎么样，青少年是否适合进行网络文学阅读等问题。我当时也是半开玩笑地说，目前网络文学"三观"应该说越来越正，我们管平潮管大就是一个代表，不信你们听，老管对社会主义核心价值观必然了如指掌！大家气氛很好地笑了，当然也会把目光扫向同桌的管平潮，没料到老管从容不迫地说，那我试着背背看吧，结果他很流利地、一字不落、顺序无错地将社会主义核心价值观24个字背诵出来。一时间，在座干部就觉得网络作家素质觉悟挺高。

　　另一个例子发生在党的十九大闭幕之后。由于各大报纸、网站刊登了十九大报告全文，等到十九大结束的第二天我接到一个电话，是另一位网文大神、《雪中悍刀行》《剑来》《陈二狗的妖孽人生》的作者烽火戏诸侯，他说，"老夏，你在不在杭州？有空我们聚聚聊一聊？"他是位比较低调，常常闭关写文的作者，不经常参加社会活动。我说在的。他们家跟我家就隔了一条马路，于是约了晚上去他家聚一聚。去了之后发现另一位网文大神梦入神机也在，烽火的太太就忙着张罗给我们泡茶。我问他们今天聊的主题,他们说"学习党的十九大报告",你是专家和组织工作者,想让你来解读一下、研判一下,尤其是关于下一步中华文化、文艺创作特别是网络文艺会怎么发展,顶层设计上会有哪些国家政策、战略,然后到浙江层面、杭州层面会怎么落实。我说这么高大上,没有准备啊,但其实大家都有话要说,这就是国家意识形态、国家政策对文艺人的影响! 可能很多传统文学的精英作者也聊,但不是这个方式;很多作者是自己去结合、揣摩;也不排除毫不关心的。所以你说网络作家是草根,是市场化的,但他们这么关心时政也是真心实意的,或者说,他们完全知道 21 世纪以来的新时代当中,之所以拥有网络文艺这一方天地,是跟社会主义建设、改革开放直接有关的,其中国家政策、国家意识形态的导向是其赖以生存和发展的根本基础,没有了这个东西,如何在中国社会长足发展?

换个角度看,我是搞文学史的,现当代文学,我不讲古代史,就讲民国以来的一百年,我们有通俗文学。通俗文学的名家像张恨水,是不跟主流价值观、重大意识形态相左的,是不对抗的。他们的小说往往讲"正能量",一是娱乐大众,有这么大的读者覆盖面,道德、社会底线、家国情怀之类的就更加注意,他们会让小说好看的同时,想方设法传达邪不胜正、善恶之间是善良胜利的意识,或者让人们为主人公的悲剧而强烈反对邪恶制造者。二是求财不求气,也就是说,通俗文学是给大多数人看的,大众读者是他们的衣食父母,他们全职写作就是靠读者市场求得生存发展乃至于发财的,所以现世安稳是最重要的。跟历史对比,也从现状来看,我们讲网络舆论很复杂,网络人士很驳杂,但网文作家相对而言还是最稳定、最懂事的。里面当然有很多细节值得分析、推敲,未必能一概而论,但从通俗小说家一直到网络作家,他们跟社会、市场和大众保持这样的高度联系,他们也就会想方设法解决另外一个联系,就是跟国家意识形态的联系,跟主流价值观的联系。你对他好一点,他一定给你回报。就是这么一个关系。

力量四：知识精英

第四种力量是知识精英，细化到与网络文学相关的，就是文学知识精英。这种力量对于社会整体来讲，其实是比较弱的——我不是说它"活该"弱，而是说目前看它实在弱，甚至处在一个"哀其不幸，怒其不争"的地步。当然，考察了网络文学现场之后，我还是要把它称作第四种力量，因为它不但确实"在场"，而且理论上讲是可以更强、更有影响力的。更何况，反对网络文学的声音一直在这一块不绝于耳，但反对也是声音，也是作用力。

面对网络文学，文学知识精英的准备是不足的，这就好像面对 20 世纪 90 年代以来的市场经济和商业文学、文化工业，传统的现代知识分子一概对之表示痛心疾首，在审美上、哲学上批判得很厉害，因为西方如此，中国国内大抵也如此。但有一个问题，社会历史发展并未停滞，也并未停在哪个知识分子的理论方案上就不动了。我是在这个意义上,更加认同马克思列宁主义文艺理论的。广大马克思列宁主义者及其理论上、实践上的继承者们,从来就是发展的、政治经济学的、理论与实践紧密结合的,这样才能保持知识分子的活力和有机性,换句话说,知识分子更为重要的是不断重新面对时代、介入时代、改造时代,而非抱怨、抱残守缺、无所行动。而且,对于中国这样的百余年来富有重大历史转折和沉重历史使命的国家,以及就改革开放四十年走完了西方国家三四百年进程的伟业来讲,一方面知识分子可谓已经牺牲极大,但另一方面很多问题仍然需要知识分子俯身去做、从零开始,你要耐心做下去、做进去,就确实如胡适所言:宽容比自由更重要! 这样才能迈向新的自由。

目前来看,面对传统或者经典的文学艺术投入的人才非常多,全国高校培养的基本上仍然全部是经典的或者偏传统的一般人才和研究性人才,这肯定是历史形成的一套合理的、有效的机制,本身仍有价值。像我们现在在做网络文学研究的很多代表性学者,都是之前这套经典文学体系训练、培养出来的。但随着

时代的发展变化,产生了很多的新兴文艺,面对这样
一些急需关注和处理的现场,我们投入的人才、培养
的人才数量太少了。哪怕是在前沿工作的,比较重视
此类新兴文艺的作协、文联、网络作协,组织工作的人
才也不够,至今还没有专门的人员编制。

以我个人为例,从 2007 年前后介入这一领域,到
2014 年 1 月成立网络作协之前,都是我一个人在呐
喊,预感和预判到这一块跟未来文化、文艺的关系,说
网络文学、网络文艺将大放异彩。这些观点慢慢得到
了各个方面或多或少的反应。2014 年至今,又过去
多年了,我在各级网络作协的工作都是兼职完成的,
利用本职工作以外的业余时间去做,分文不取。除了
学理上的识见、情感上的热爱,还得靠意志力的坚持
和从修养上不断磨砺自己、提醒自己、说服自己。有
些朋友可能会认为我"走火入魔",有些则认为我这么
"表扬"自己很肉麻、很矫情,但是,在这样一个相对功
利化的世界,我只能反复跟自己确证,你是一个知识
分子,并且从来都不是纯粹的书斋型学者,而是自认
为能够有益于世、力图思想与岗位相结合的实践型人

文知识分子，那么你就应该在这个时代里头做这样的工作，它可以是一个人的志业。孔子说："人能弘道，非道弘人。"其实像以前做白话文（陈独秀、胡适、鲁迅）、做新儒学（熊十力、梁漱溟、钱穆），在他们所处的历史阶段，难免也会被其他知识分子攻讦，但能看清楚或者坚定做自己的知识分子都能从自己的工作中找到价值，最后他们的精神和工作也会被证明是可贵的、有益的、合理的。这说明，世界上知识分子所认定的价值其实都有道理，是人类文明的一部分的延伸，哪怕有些会互相抵牾争辩，也无非是来自人性的矛盾统一律，没什么大不了的。

有关文学知识精英在网络文学现场，可从两个方面来讨论。一是他们中出来一批做网络文学研究、评论的队伍。我在自己的文章《态度与方法：略说介入网络文学20年的学术资源》里头做过一点梳理，认为当下做网络文学的知识精英队伍在中文学科内部主要来自文艺理论和现当代文学两个专业。文艺理论口的代表人物，比如欧阳友权、黄鸣奋、陈定家、庄庸、许苗苗等；现当代文学口的多一些，比如白烨、邵燕君、马季、王祥、黄发有、周志雄、何平、肖惊鸿、黄平、杪椤等。二是运用的学术资源，一方面他们可以跟范伯群、王德威、陈平原等汉语文学（通俗文学、晚清文学研究部分）有学术脉络上的一层联系，另一方面则较多运用了西方哲学社会科学、文化和文艺理论，如麦克卢汉①的媒介理论、亨利·詹金斯②的"粉丝"理论（参与文化）、布尔迪厄③

---

① 马歇尔·麦克卢汉（Marshall McLuhan，1911—1980），20 世纪原创媒介理论家。主要著作有《机器新娘》《理解媒介》。

② 亨利·詹金斯（Henry Jenkins），1958 年出生于美国佐治亚州，是美国著名的传播与媒介研究学者。现为南加州大学传播、新闻、电影艺术和教育学院的教授。对于流行文化的研究涵盖了众多领域，包括歌舞剧与流行电影研究、漫画研究、电子游戏、游戏暴力研究、跨媒体研究、参与式文化、粉都文化、新媒体素养、融合文化、可传播媒体以及比较媒介等。主要著作有《文本盗猎者：电视粉丝与参与式文化》《在通俗文化中起舞：通俗文化的政治与乐趣》《从芭比娃娃到真人快打：性别与电脑游戏》。

③ 皮埃尔·布尔迪厄（Pierre Bourdieu，1930—2002）是当代法国最具国际性影响的思想大师之一。著有经典的社会学著作《实践理论概要》（1972）、《实践的逻辑》（1980）等。1975年布尔迪厄创办了《社会科学的研究行为》杂志。布尔迪厄的国际性学术影响是从 20 世纪 80 年代后期开始急速上升的，进入 20 世纪 90 年代后非但势头未减，反而后劲十足。

的场域理论、葛兰西①的文化领导权理论、伯明翰学派②的文化研究等，"武器"上也是非常热闹的。

这些文学知识精英除了写论文、出专著之外，就是跟中国作协等各级文艺组织结合，探索网络文学评价标准，推出了一些网络文学奖项、排行榜，以此在网络文学现场推出属于他们口味、立场、标准、价值的常规性网络文学名单。我们知道，网络文学不可能离开大众文化机制去生产纯粹知识分子感兴趣的作家作品，但反过来，在保护和尊重网络文学生态的基础上、在大众推动的基础文本系列之

---

① 安东尼奥·葛兰西（Gramsci Antonio，1891—1937），意大利共产党创始人，意大利共产主义运动的主要理论家，欧洲公认的 20 世纪最早的社会主义思想家。在墨索里尼时代身陷囹圄十年之久，在狱中写下了《狱中札记》《狱中书信》。其中关于"文化领军权"的理论是社会文化理论的重要收获。

② 伯明翰学派（The Birmingham School）是西方当代文化批评及美学学派。20 世纪 60 年代中期围绕英国伯明翰大学文化研究中心而形成，以研究通俗文化和媒体著称。不同时期的代表人物有：威廉斯、修森（Andreas Huyssen）、莫莱（David Moley）、赫卜森（Dorothy Hobson）等。前期伯明翰学派，由于其成员大多出生于中下层或工人家庭，所以采取与以往精英知识分子不同的态度去对待、研究通俗文化，力图重估其价值。

上，再增加一个文学知识分子的选择权、评价权，是这个时代很好的一种创作的筛选机制，也是一种经典化的方法。现在，比较偏重于跟国家意识形态联合的一个榜单是中宣部新闻出版局每年推出的"年度优秀网络文学原创作品"榜单；更多考虑到网络文学多样性和其文学特点的榜单则是中国作协每年推出的"中国网络小说排行榜"；然后就是各个省一级做的奖项、榜单，比如上海市作协在 2018 年做的"中国网络文学 20 年 20 部优秀作品"榜单，浙江省作协两年一届的"网络文学双年奖"，江苏省作协的泛华文网络文学"金键盘"奖等，这些都是文学知识精英直接参与、策划、组织、评审的网络文学工作。

网络文学"浙江模式"及其三个优势

　　网络文学的"浙江模式"是我先在文章中提出来的。背景是，2014 年 1 月 7 日浙江省网络作家协会作为全国第一家网络作协成立后，新闻效应很大，不久中国作协领导分头到各地调研，其中调研的一个重要的点就是网络文学。来浙江调研的是时任中国作协党组书记、中央委员的李冰同志。在他们来浙江之前,我们觉得确实可以把浙江的实际优势做成一个文章,浙江省作协的党组书记臧军同志就跟我说要不要写一写,结果《文学报》陆梅总编那边就安排好了版面,是等米下锅的意思。我于是用一个晚上,做了《网络文学的"浙江模式"及其原动力》一文,刚好报纸一个版。

比之 2014 年 5 月,现在对网络文学"浙江模式"的思考就更成熟。事实上,也是 2014 年以后,"浙江模式"的具体工作布局落实得越来越到位,这个模式的说法才更成立。后来,2018 年我应《杭州(周刊)》杂志的约稿,又写过一篇《网络文学 20 年的"杭州样本"——从 1.0 优势向 3.0 优势的创造性转化和创新性发展》的文章,开始阐述"浙江模式""杭州样本"在网络文学上的"三个优势"的提法。

第一个是创作优势。一句话就解决了,就是我们浙江的网络作家在创作方面很争气。我们搞理论的,谈了半天如果没有作家作品怎么办?! 这跟五四的时候一样,陈独秀、胡适讲文学的革命,但是他们自己阵营的作者写不出好作品,就要被同时期做古文的嘲笑了,所以幸亏有鲁迅这样的人物,为新文学、现代白话文贡献了像样的、值得经典化的作品。而今到了网络文学时代,倒是创作走在了理论评论的前面,我们浙江从创作优势来讲,是全国网络文学的重镇,跟北京、上海、广东、四川、江苏都是同一个起跑线上的,大神非常多,男女频齐全,网文类型多样,梯队建设非常完整,从"70 后"到"90 后",我们有影响力的网络大神延绵不绝,此外产业转化很得力,文字作品和后期的影视、动漫等改编相得益彰,增加了传播力、IP 价值。像早期的南派三叔、沧月、流潋紫、曹三公子、阿耐、陆琪,陆琪现在是大 V,不太写小说,主要做两性情感,跨界做过网络综艺、短视频等,他的粉丝数说起来是浙江大 V中最高的,仅在新浪微博上就有两千七百多万粉丝。全国影响力后起一点的大神作家有蒋胜男、天蚕土豆、烽火戏诸侯,包括现在"90 后"的当家花旦像疯丢子、七英俊等。这一优势,行业内部都知道,也都服气。

第二个是组织优势。这个其实很关键。浙江在做组织方面是全国最早、最有优势的,至今仍然保持着良好的先进性。有很多细节,比如第一家作协内的网络类型文学创委会、全国首家网络作家协会、全国首家省会城市网络作协等,我之前都说过了,接下来我们集中说下最近的组织工作亮点:2017年到2018年,我们先后建立了三个重要的"中"字头(国字号)牌子,落户杭州。一是2017年4月中国作协党组批的,叫中国作家协会网络文学研究院。二是2017年12月在滨江区白马湖有了一个中国网络作家村,这个牌子现在是金字招牌,每天都有人去参观,名扬海内外,国家级、省部级领导不少都去考察访问过,大家有兴趣可以去实地看看当时的合影、签名,打卡留念。三是2018年5月设立的首届中国网络文学周,该文学周通常每年5月举办,过去每年与会嘉宾都有200多人,参会总人数一届都有500人以上。这三个"中"字头机构、组织、活动,都先后落户杭州,这就是我们组织有力的表现,体现了从北京到杭州的各级领导的大力支持。

当然,组织优势肯定不止这些节点式的机构、组织、活动,深层次的组织工作要靠全省作协系统联动和创新,才能完成真正富有活力和可持续发展的浙江经验。目前,浙江的网络作协组织是省、市、区(县)三级覆盖的,全省 11 个市有 10 个已经成立了网络作协,不光是全国组织经验的先行者,也是落实最到位的省域。此外,比如每年都有优秀网络作品年度立项扶持计划、网络作家评定文学创作序列职称的申报(还为之相应补正了文学创作职评有关条款)、网络作家下基层体验营等组织化的服务。当然,很重要的、对网络作家极具影响力的就是列入省委文化建设方面文件的"网络文学双年奖",这个也是全国第一个网络文学专业奖,获得这个奖项金银奖的作者在杭州等地都可以对应人才等级标准,享受地方政府的人才政策。

2019 年 2 月新华社做了一个内参,关于浙江网络文学发展的,得到了包括王沪宁同志在内的国家领导人的批示,这是对网络文学组织工作的浙江模式的一种肯定。确实，这几年国家各个口子对网络文学、网络文艺涌现的新阶层代表人士、人才应该说高度重视。我在 2020 年 3 月写了个文章《不断发展的中国新型文艺与国家人才观》，着重讲了 2019 年中宣部文化名家暨"四个一批"入选的人才，网络文学的人才比例明显增加，从上一届（2017 年）的唐家三少（张威）一位，扩展到蒋胜男、天蚕土豆（李虎）、血红（刘炜）、阿菩（林俊敏）、骷髅精灵（王小磊）、我吃西红柿（朱洪志）、静夜寄思（袁锐）七位（后六位为"四个一批"青年英才），并且代表中国网络文学网站，也就是产业力量的阅文集团联席 CEO、起点中文网创始人吴文辉（"四个一批"青年英才）也一并入选。你看，蒋胜男、天蚕土豆都是浙江的，吴文辉老家也是浙江的。所以，浙江网络文学、网络文艺有着天然的优势，我们要进一步对浙江在互联网阵地，以及党委政府对待互联网人的情况、经验做总结，形成普查或调研报告，看看浙江用了哪些创新办法把人的工作做好了，可资全国其他地方参考学习。

第三是产业优势。这个优势目前还在形成中，我一直提倡，网络文艺这件事要从产业界的自发，到政府顶层设计的自觉。因为这是社会发展的大势所趋，是文化、文艺、意识形态和产业经济复合的一块热土。总的讲，浙江是有方方面面的经验支撑搞好这样一种复合生态的东西的，而且从世界经验来讲，网络文艺所涉及的几个方面因素能够形成一种合力，共同推动这种以故事、IP 为核心的内容资源、头部资源源源不断地转化成文化产业链、产品链，从而实现两个效益的双丰收，向国内和国际文化市场输送大众喜闻乐见的消费动力。虽然，短期内中国的影视市场等处于调控盘点期，但浙江省委提出的建设"全国影视副中心""全国网络文艺重镇"等目标是可以内在融合的，是可以在产事业层面做出浙江特色、智慧和价值的"蛋糕"来的，并且延长其上下游的话，将深刻影响包括文旅在内的新热点、新业态、新布局。

总的来讲，我认为这些问题到现在需要政府层面有更全面的认识了，不能简单地把网络文学理解成一种互联网上的小说而已。我一直说网络文学是产事业融合发展的成果，需要我们工作上有"复杂思维"，而不止传统的线性的想象力。我也是在这个意义上强调中国网络文艺的"四新"意义的，在此愿意与大家重温一遍：

第一，网络文艺是中国文艺发展的新方向；

第二，网络文艺是中国文化产业的新支柱；

第三，网络文艺是青少年思想教育道德的新阵地；

第四，网络文艺是国家意识形态塑造的新契机。

第三讲

20 年媒介环境与文艺批评

文艺批评家面临的媒介机遇

这个问题，我想先从自己的经历谈起。

我是学现当代文学专业的，非常纯粹的中文学科出身。但最近十年我慢慢转型或者说是跨界到了网络文艺、网络文学、媒介与文艺关系等的研究，时髦的说法也算是个"融媒体"领域的研究者。这样的跨界、转型、融合，不是我 20 世纪 90 年代痴迷于现代文学作家，在中文系学科传统里学习的时候所能想象的。比我这个年龄更早的"50 后""60 后"知识分子，可能在大学里接受了专业的系统性的知识和训练，然后在一个稳定的行业、岗位上一待很多年甚至一辈子，可是在社会急剧变化的二三十年当中，我个人刚好碰到了开放的中国社会所遭遇的媒介转型，或者说媒介革命。时代际遇和性格因素的合力，给了我一个专业上变革拓展的契机。

我在中文系修学期间，特别认同复旦大学陈思和教授的说法，近代以来中国文学知识分子的岗位主要是大学教师、出版和报纸三个领域，因此20世纪90年代我们知识分子仍可以选择这些岗位去传承与发扬启蒙价值和现代知识分子职责。所以我后来就去了出版社，这就是一个媒介机构，在当时不算旧，今天看却是传统媒体了。可以说，截至"70后"代际人群，跟图书还是特别亲近有缘的，是当年获取知识趣味的第一媒介，那时候成长起来的往往都有纸书情结。如果我们把今天的"90后"叫"网生代"的话，我认为此前的年龄代际可以用相应的另一个词来概括："纸生代"——就是说我们跟纸张打交道，跟图书、杂志、报纸紧密相连，纸质媒介构成了我们文明的基础，也留下了我们对它的某种深厚的温情。在那个年代，纸质媒介是一个稳定的媒介，我们不需要多去思考它、质疑它有没有发生转型和革命，我们也不会提醒自己和他人正在使用的是纸媒介，这些事情如盐入水，没啥异样感，不重要。

2006年我离开出版社去了杭州市文联，那个时候去的是《西湖》杂志社，一家文学月刊。同样是纸媒介的地方，变化不大，只是从文学创作和传播的角度来讲，它更一线。每个月都要去约作家的稿，见小说家、诗人、散文家、评论家。半年不到，我就兼作家协会秘书长，也就是在这个作协秘书长的岗位上，我开始介入了网络文学的组织工作，那是在2007年的1月。

岗位的便利使得我主动介入网络文学的这件事情，现在回头看觉得很有标志性意义。很多人会说我当年就有先见之明，但仔细想来，自己除了一点性格里的趣味主义和爱好标新立异，还有就是对中国网络文学主流的类型小说并不陌生、亦不反感。我小时候读的图书就很驳杂，其中一类就是中国古代就有的至晚清民国和港台文学流行时大盛的笔记小说、话本小说、章回小说、通俗小说，这些从来就不是稀罕物或者洪水猛兽。网络类型文学有这些前辈的基因，有一定的相似性、可比性。

我在2007年1月做网络文学的组织，在作家协会或者说传统体制里已经算是一件标新立异的事情了。通过这个组织，我团结了一批互联网写作者，就是我们今天说的网络作家。当年他们绝不敢叫自己作家，都说自己是写手。后来学着王朔的说法，叫码字的。现在又跟着互联网劳工一概戏称自己是码农。我们现在说的网络作家好像很了不起，今非昔比，其实他们在很长一段时间里，尤其在早期，是非常谦逊的。一段段友谊也发生在我开始介入网络文学而与他们相识相知的数年中，我把这些写进了回忆录《大神们——我和网络作家这十年》的第一册"星火时代"里。

网络文学的发展确实是碰到了一个"媒介机遇"，现在回头做网络文学史，你可以发现中国第一代网络作家主要是"70后""75后"。相对而言，"60

后"在互联网文学早期的划痕不深,因此他们是"纸生代",主要给杂志投稿,写得好的就慢慢拼出一个短篇集,最后出长篇。"70后"碰到了互联网,成为典型的过渡期代际,写作者开始分流,其中一批文学青年、故事青年向互联网迁移。这就是一种媒介机遇。我们当时不自觉,没发现,现在回头看,一代人跟一代媒介是有缘分的,刚好我们处在一个媒介的交界代、过渡代甚至断裂代,"70后"一批人赶上了,开始有了中国互联网文艺的开端。这是我亲身经历的一个职业生涯当中很要紧也很兴奋的点。这个点对"90后""00后"而言,他们就感觉不到了,他们都是跟着互联网成长的,可以叫网络原住民,这就意味着新的媒介慢慢稳定下来,变成晚生的年轻代际自然而然习惯的东西。这情景的历程,就像火山喷发或地壳运动,亲历的过渡者明显感觉得到此前此后的不同,嚷嚷着媒介更新换代的景观,但后来者所见,大陆本来就那样,完全可以不考虑这个事儿，要考虑就是"媒介考古学"①——这个名词不是我杜撰的，自西方学界传播过来，真有这个学问领域。不过确实，因为遭遇过纸质向网络的媒介转移，这提醒我们媒介考古的丰富含义，并且可以让我们重新思考上一个重大媒介转折期文艺的地震，那就是口传文学到书面文学的过渡。

以前我们在高校学习现当代文学甚至文艺理论，是不需要专门提出媒介问题来讲的，也不需要说哪个文学创作和哪个媒介有关系。而20世纪90年代中后期，互联网在中国开始普及，这时其实已经在酝酿着一个重大的媒介节点，以至于影响到20余年后我们讲的互联网文艺创作。当然，现实中旧的媒介及其信息并没有消失，而是与新媒介融合、

---

① "媒介考古学"在20世纪90年代崭露头角，最近则越来越多地出现在学术出版物中，学界对这一概念的阐释及使用方式亦不尽相同。作为一个尚未成建制的学科，"媒介考古学"并不局限于媒介研究，相反，它是艺术史、电影研究、建筑、科技史和当代文化理论中许多主题和思想的重要桥梁，贯穿于各个学科之间。主要参考著作如［美］埃尔基·胡塔莫、［芬兰］尤西·帕里卡的《媒介考古学》。

补充、转化，所以今天国家层面提出一个概念，叫"融媒体"①，也就是媒介融合。但已经怎么融、可以怎么融都是要花功夫思考和实践的，换言之，融媒体也有很多路径与可能，不是简单的单位整合、编制整合，更关键的应该是思维整合、创意整合、传播方式整合，当然也要对受众进行研究。

2008年我从杭州市文联辞去《西湖》杂志社社长助理的公职，2009年"下海"到上海，主要的原因就是中国的文化事业和文化产业发生了剧烈的变化。

2008年，靠游戏业带来丰厚利润的陈天桥成立了盛大文学。他高瞻远瞩地发现，中国的网络文学也就是网络故事，是可以进行产业链IP化开发的。当然，当年还没有IP这个词，用的是版权这个词。他在2008年成立盛大文学有限公司后，先后收购、

---

① "融媒体"是充分利用媒介载体，把广播、电视、报纸等既有共同点，又存在互补性的不同媒体，在人力、内容、宣传等方面进行全面整合，实现"资源通融、内容兼融、宣传互融、利益共融"的新型媒体结构。

控股了中国七家最重要的文学网站，比如起点中文网、红袖添香、小说阅读网等。

在我们体制内，当时还都认为网络文学产业开发要不是民间的事情，要不是企业家的事情，大都抱着"与己无关"的态度，更不要说我们高校学者和文学批评家了，我们认为这个领域不算文学艺术。但是资本的嗅觉是非常灵敏的，陈天桥当年着眼于未来十年、二十年的全球文化贸易、文化产业这个高度上，他立志要成为中国互联网内容产业的航空母舰。这个定位是准确的，只是陈天桥做得早了些，成了"先烈"。2015年前后，他把旗下所有的实业都卖了，当然是以当年收购价数倍十数倍的价格卖掉的，他现在变成了一个投资者。原盛大文学的网络文学与腾讯文学合并，并入马化腾旗下，就是今天的"阅文集团"。

之前我讲了媒介问题，现在又讲市场或产业问题，这不是原来文学要研究的。但我想说，文学也可以研究这些，也可以这么研究。

我在盛大文学待的时间还不到一年，就离沪回杭了。一个主要的原因，不得不害羞地说，自己毕竟是文人。虽然在资本的版图上，这种新鲜的创作生产机制让我感到前所未有的新鲜和兴奋，但其具体的操作伦理和工作强度不是我所喜欢的，心理和身体都有点拒绝承受。但这一年还是很重要，给我提供了反思和吸收产业与资本的材料的机会。我因此更像一个社会学范畴下的文艺研究者和思想者了，开始欣赏那种将文学创作内外打通的方法和理论。

2018年之后，我在一些文章中把中国网络文艺叫作"新型文艺"，认为它是更能体现时代场域和总体性的那么一种文艺环境和文艺创作。这跟我们传统高校和教科书上学到的文学和艺术学不太一样，它完全是跟媒介、市场、资本、粉丝连在一起的。仅就它的一小部分或以传统文艺认知去理解它，难免盲人摸象，判断不准确。比如抖音，如何批评？这样碎片化的大众娱乐的短视频，有雅致的，但是更多的是"屌丝"的。这个时候如果用我们传统的文艺批评话语体系去评价，就很难搞。很多做文艺理论评论的人说："（抖音之类）哪有艺术形态？更谈不上审美。"也就是说，主流文艺批评对此并不当回事。但是在中国社会乃至全球传播当中，这些作品却占了主流，作品即产品，读者即作者，观众即作者。这样的一种呈现方式，你说因为它不是我们传统文艺批评的主体，就可以不管吗？不应该。无论说"笔墨当随时代"，还是"文章合为时而著"，抑或"匕首投枪"，哪有不变化的文艺？哪有不能做的批评？在这个意义上，我认为中共中央有关决策就高瞻远瞩——提倡大力发展网络文艺，发展就离不开文艺批评的相伴相行。

我 2011 年回到高校，在杭州师范大学文化创意学院（开始叫国际动漫学院）工作，不是在传统文学观统治的人文学院和中文系，但做的还是文艺批评。在学院选择和学科发展上，我仍然要说这是一个媒介机遇期，而这种媒介机遇期带给我的是丰富复杂的感受和新型的本领，比如运用场域理论思考时代文艺现场，比如通过文化产业维度确认网络文学、网络文艺的新型特征、属性，比如用社会学、统

计学等方式做人文研究，包括用人类学意义的造物
理念哲学地思考互联网（赛博空间）及其文艺生成，
这些本领是传统的文学学科和课堂教学无法给予
的。今天，我们可以通过刷新自己的观念系统，在
这样一个融媒体时代，自我学习、更新思维系统；更
重要的是，我们的教学因此可以诞生一批新的教材
和教学方法，如果我们用融媒体思维去教学的话，
学生通过大学四年乃至研究生三年的学习，成为一
个非常成熟的、具有智能应用甚至开发能力的个
体，实践能力会很强，无论在互联网内容产品的创
造上，还是做互联网文艺批评上，都会是一把好手。
所以，对我们高校来讲，现在也是一个非常好的机
遇期，问题在于高校是否意识到这一点并尽快更新
布局。

互联网时代前叶的文艺批评状况与问题

　　有关网络文艺批评，中国文艺批评界有一种声
音，第一，它是不是批评？尤其是考虑了网络（线上）

批评之后。第二，这种批评是不是对我们传统文艺批评的一种干扰、捣乱，或者降格以求？换言之，网络文艺批评应该长啥样？怎么搞？

在说这些问题之前，我要先谈一下自己为什么有兴趣展开所谓"互联网前叶"的文艺批评状况，这是因为上述的问题中其实还包含了一种观点，认为文艺批评的杂乱、失序是互联网造成的，好像没有互联网这样的大众媒介，文艺批评就是完整的、健康的。那我们就来看一下没有互联网的时候，我们的文艺批评到底怎么样，是不是互联网损害了文艺批评？

20世纪90年代中期，互联网进入民用和商业领域。但在2000年前，互联网文艺及其批评肯定还不能与传统文艺及其批评同日而语，也就是说21世纪前它们不构成此消彼长式的干扰。当时的文艺批评话语权，肯定还在精英知识分子手上，比如新时期文艺、先锋文学、实验艺术、纯文学、纯艺、新生代、晚生代、世纪末文学，当时比较主导的文艺批评的概念、术语都是专业的文艺研究者和批评家来命

名的。2000 年以后，文艺批评概念、术语的命名权
开始出现交杂，也就是精英知识分子和大众文化机
制共同命名一些词，这些词被广泛使用、定型下来。
像新世纪文学还是文学批评家们的主场；但网络文
学则不然，网络和媒体首先命名和推广，精英知识
分子则约定俗成，跟着使用，今天都不可逆了。至
于什么 ACGN、宅、萌、基、腐、耽美、CP、IP、影游联
动等，基本上都是新民间（青年亚文化）和文化产
业、文化资本的引进、造词和使用了。当然，这是题
外话。现在回来说 2000 年以前即互联网前叶文艺
批评界的情况。我们可以注意到当时传统文艺批
评人的这样一些话语——这些话语最终使我认为，
足以证明当时的文艺批评已经出了很大的问题。
也就是说，互联网还没有进来，我们的文艺批评就
不太行了。

　　首先看看著名的理论家、文学评论家南帆先生
20 世纪 90 年代中后期在文章里写的话：

　　更为严重的情况出现在批评内部：一

些批评家似乎丧失了必要的信心，他们对于批评的前景忧心忡忡。……他们习惯地说，批评已经"失语"，陷入"危机"——"失语"或者"危机"正在成为两个时髦的反面形容词。

现在的批评论文晦涩难解。……不可否认，不少生吞活剥的批评论文很难赢得足够的耐心和尊重。然而，是不是还存在另一种可能？交流的中断也可能归咎于读者的贫乏。如果读者对于20世纪以来的一系列重要学派一无所知，那么，一大批生疏的概念术语的确会产生难以负担的重量。……没有必要在一大片茫然不解的眼光前自惭形秽，害羞地四处道歉。

批评家甚至使用一些夸张的言辞为作品指定一个并不恰当的位置。这种批评一部分来自不负责任的友情，另一部分是商业氛围的产物。大众传媒一旦分享了作品的销售利润，这种批评可能在某个圈子之内愈演愈烈。

然后看看另一位文学评论家、中国社会科学院研究员李洁非先生的话：

> 九十年代批评家心理有些不平衡。一则文坛功利色调愈重，作家拿批评家当敲门砖的行径不单日益普遍，且较以往更不加以掩饰，一旦达到目的就将批评家一脚踢开，令批评家失落、切齿。二则批评家在名利两方面与作家的差距都在不断而迅速地拉大，为人作嫁衣裳之叹遍及评坛。

同样，南京大学教授、文学评论家王彬彬说：

> 在文坛上，有一个专以文学为对象的"职业批评家"群体，这是1949年后特定的政治、经济和文化格局的产物。随着这种

格局的变化,这样一种文学群体也终将消失。……"职业批评家"群体的存在,使得值得批评与不值得批评的作品都被加以评说,也使得好作品和坏作品一时间无从区分。

你们看,当时这些知名的文学批评家,有的发现自己对于进入 20 世纪 90 年代以来的文学艺术有"失语"的危机,有的承认"我们的批评论文晦涩难解,我们把论文作为一种学术生产、论文生产,好像小圈子里可以,外面没有人看没有关系",还有就是随着 20 世纪 90 年代文艺和市场的关系转变,批评家心里不由得不平衡,一则文坛艺界功利的色彩越来越重,二则作家、艺术家一旦被批评家和市场捧红之后,创作者和批评家在名利两个方面的差距就不断拉大,批评家还容易"被一脚踢开",批评家们难掩内心的失落。所以说,即便没有互联网干预,文艺界本身已经在那里理性反思或者牢骚满腹,某种意义上说,我们的文艺批评的问题是显而易见的。它日渐走不出去、走不远——这个问题细品是很复杂的，甚至需要逼问我们现在的文艺批评的发生学，也就是它产生的母体和基因是什么，也可能预示着文艺批评方式全面重建的那么一种未来学思考。

另一个情况则是，20 世纪八九十年代的时候，批评的形式和文体还是多种多样的，论文之外，如书评、书话、影评、画评、乐评，当时都非常红火、生动。你写那种文采飞扬的随笔化的文艺批评，在 20 世纪八九十年代不但能在报刊上发表，还能出书，还能出文丛。出版社完全自主选题，掏钱给你出。但在 20 世纪 90 年代中后期这种情况就消失了，也就是说，高校的体制开始一统天下，在所谓学术规范的扩大化形势下，文艺批评普遍地被要求论文化，由于文艺批评人才从文化单位退潮，只有进高校才能延续其志业，所以高校体制对人、对文的约束越来越明显。但事实上我们知道，理论论文跟文艺批评还是很不同的。我们怎样及时地发声？怎么样写多样化文体风格的批评文章？怎样让我们的批评可读性强、有文采、有感染力？这些问题并不是今天高校大量生产的论文或者理论文章所能解决的。片面的论文化,导致我们的文艺批评在20世纪90年代末期开始,逐渐变得千人一面,创新乏力,读者窄化。且高校的科研考核标准也让文艺批评往往没有科研分数可拿,很多学者特别是依赖高校制度成长的青年学者不再愿意写作这类一线的、无分可拿的文艺批评,这个问题导致很多写惯了论文的人今天已经不擅长写别的文体文字了,所以他们的文章不出圈也就是常态。

还有一个问题是所谓"红包批评""人情批评"。这个问题近20年来,从中央到文艺界都在批评,我当然也没有异议,认为这近似于文艺批评界的一种"腐败"化的潜规则。

但如果此"红包"非彼"红包"——讲的不是收受红包就一气儿出台做"表扬家"的这么一种批评败象,而是指批评家的收入情况呢?我是提出过另一条思路的。如果我们客观地审视批评家的工作量和知识、思想、审美判断的复杂性,就会发现这是需要长期累积的专业工作,并且他们常常为了在研讨会上讲 10 分钟或者写一篇少则 3000 字、多则 1 万字的靠谱批评文章，必须读完少则二三十万字，多则像我现在面对的网络文学动辄二三百万到一千万字的一部作品，所以批评家的工作强度和难度兼备。如果大家真的尊重文艺批评的作用，认为它是与文艺创作并驾齐驱的"两翼"关系，就会发现事实上文艺批评所获得的劳动报酬远远不足以支撑该职业工作者的生活质量及其在社会体系内的体面。哪怕是所谓拿红包，20 年来它的报酬额度肯定跟不上社会收入总体水平的平均增长率，变化并不大。你可以由此说这是因为社会发展中文艺批评的作用、价值堪忧，变得不重要；但如果依旧强调它的重要性及批评家的尊严，那还是得把物质生存条件搞上去，让这个职业有荣耀、令人向往。所以讲文艺批评的时候我们是有一个盲区的，我们一般只强调批评家的牺牲精神、专业度和崇高感，但是我们忽略了批评家在这个时代也是人，是一类社会文化的工作者，他们的生存权和发展权在整个社会体系设计中是否得到了足够的尊重。

互联网文艺批评的代表性事件：

有关博客、豆瓣、微信公众号

我们了解了 20 世纪末时中国文艺批评的一系列问题，那么，再来进入互联网环境下谈谈文艺批评的新情况。

2006 年，作为一个新媒体平台或者新文艺平台，新浪博客进入全盛时期，大量的专业人士和名人明星都在做博客。

2006 年 3 月份发生了一件非常有名的博客事件，被人称作"韩白之争"。韩就是韩寒，白是指"50后"文学评论家白烨先生。

白烨供职于中国社会科学院文学研究所，是一个职业文学批评家。应该说，从新时期文学到今天，他一直是跟踪者、参与者，是前辈批评家里面很少的始终能跟得上时代写作、时代文学发展的一位。究其原因，一来他没有在高校而以论文论著的生产为必须，二来他去社科院前在出版社等媒体单位工作过；我们可以发现，批评家中善于做现场、始终能接受和融合新事物的那类批评家往往有媒体或文艺组织的从业经验。

当时，白烨以一个关心青年人的前辈评论家的姿态写了一篇评论，叫作《80后的现状与未来》，在这篇文章当中白烨以非常了解和同情的姿态讲了因为新概念作文涌现的韩寒、郭敬明、张悦然等一大批80后青年作家，他们现在的创作情况、市场传播情况。但是白老师在这里非常"不聪明"地表达了一个意思，就是说他们现在虽然很红，但是他们的作品还算不上文学，只是一种文化现象。

韩寒马上就开始回击、对攻，写了一篇文章，题目非常网络化，有点粗鄙感，叫作《文坛算个屁，谁也别装逼》。当时韩寒炙手可热，就像你们现在看到的顶流网红。韩寒对白烨最大的攻击主要是，你凭什么说我们不是文学？你们老是端着一个文学、经典的姿态，批评这也不是，那也不是。我们的作者和作品摧枯拉朽，只是你们不愿意承认我们罢了。他是带着这样一种情绪或者一种立场，跟白烨进行较量。而互联网时代的批评特征是，第一，它有即时的互动性,立竿见影,你一发批评就有人跟着批评。第二,作为网络有影响的批评者,你是有粉丝的,你的粉丝会跟着你一起干。韩寒就是一个粉丝巨多、号召力很强的大V,所以他的粉丝全跟着他一起骂白烨。白烨当然一下子没料到会产生这样的局面,因为传统的文艺批评家,在社会人际结构里可谓长幼有序、师者为尊,我们会根据对方辈分、师承、造诣、交情等表达尊敬,至少要服从一个规则和秩序。但是到了互联网平台,媒介环境变了,文艺批评方式也就变了。在这上面你可以说大家是平等的,也可以发"少年狂"、呵佛骂祖,一言不合可以争辩起来,何况还有个人那么多粉丝的参与。当时的情况,就是韩寒及其粉丝把白烨的舆论压住了。这个时候为了支持白烨,我们发现有很多文坛的人物冲进去了,比如说陆天明陆川父子,陆天明是著名作家,儿子陆川是著名导演。还有像李敬泽、谢玺璋、王晓渔等作家、评论家。这里有一个有趣的人物,也帮助白烨去骂韩寒,就是现在很多人都知道的高晓松。高晓松有正经的文艺青年的底子，跟文艺界关系非常好。他特别看不惯，觉得小孩子不懂事，加入了白烨的战队跟韩寒的粉丝对攻。所以若干年之后我们发现了另一个很有趣的新闻，说高晓松跟韩寒相逢一笑泯恩仇，所谓"恩仇"，就指当年"韩白之争"两个人站在不同阵营互怼的事。若干年后，在文化市场遇见，两人各有发展变化，又被同一个平台邀请，就相逢一笑泯恩仇。媒介环境、社会环境不断变化，这不得不要求大家重新来思考个人在社会中、市场中、媒介中的定位问题。

　　这是我认为在互联网文艺早期发生的一个代表性的文艺批评事件，它是带有一定象征性的。白烨老师作为一个传统的文艺批评家，他在博客时代开始时非常活跃。也就是说，传统的批评家曾经一度是很希望在互联网上立足，自在地延续其话语的。但是"韩白之争"的事件教育了传统批评家们，互联网不是那么容易玩的，甚至会有无妄之事令他们徒增烦恼，而一般的知识精英的姿态就是退出不玩了。那么在他们的观念里，互联网是谁玩的呢？

是一批所谓的年轻偶像和他们的粉丝玩的，他们不属于"正经"的文艺工作者，甚至存在"群氓"式的网络暴力的可能。所以这件事情可能导致了一批原来对互联网并不反感甚至是开放心态的文艺批评家，在互联网早期就开始撤出。最后白烨老师以什么方式宣告他退出或者说我不跟你玩了呢？就是一个礼拜之后白烨关闭了他的博客。我惹不起还躲不起吗？我不玩了。白烨老师此后到今天再也没有写过博客，也没有用微博，甚至他微信朋友圈一般也没有什么动静。我认为这是一个典型的事件，很有象征性。

第二个时期跟文艺批评有关的典型平台，我认为代表是豆瓣。

豆瓣是 web2.0 时代诞生的一个典型的文艺青年聚集的网站，它的主要文本形式就是我们讲的网络文艺批评。豆瓣的文艺批评总体看还是能找到不少像样的、好看的、有质量的、有判断力的文本的。豆瓣文艺批评的板块设置主要有三：豆瓣电影、豆瓣读书、豆瓣音乐（简称书影音），目前来看，发展得最好的、最吸引大家的就是豆瓣电影。无论是精英还是普通观众，都可以因为他看了一本电影或是一部网剧，在上面发发议论，写写批评；更重要的是豆瓣整合了一部评价系统，比如评分，豆瓣的电影评分在今天还是非常重要的一个参照，我们媒体报道用来衡量当下影视热点的一个常规应用的数据来源。

豆瓣出现的 2005 年还是互联网文艺批评较早的一个阶段。类似豆瓣这样的 web2.0 开始的一些平台和网站，为互联网上一部分有批评欲望的青年开创了自己的阵地。我们有一种印象，会认为互联网文艺批评都不太像样，像弹幕，我们可以把它叫作网络文艺批评，但这种批评碎片化得一塌糊涂。可豆瓣提供了一些接近传统文艺批评的批评文本，虽然这些文本的语感、文体同传统文艺批评不同，但它们还是批评界能看得上、看得懂的评论，有点像我之前讲的 20 世纪八九十年代用随笔体写的书评、画评、影评、乐评，有些文笔还很漂亮，观点也因为不用考虑人情，可以很犀利精准个性化。所以这样的平台的出现,安顿了一批文艺青年和有文艺批评欲望的人,甚至慢慢成长出一些知名的豆瓣文艺批评家。

当然,我们发现,豆瓣当年出现的文艺批评群落,跟今天的发展现状已经有很大的位移了。早期的豆瓣批评是小众批评,就是一些同好者、同仁,在上面发发议论、交流信息,他们大多是文艺青年,我认为是互联网时代里偏精英型的一种批评阵容。这也是一种网络"部落化"的存在典型,豆瓣不是大众的平台,不是所有网民都会去那里玩,只有一部分有共同趣味的人在这里玩,而且一个平台里还有细分的不同的论坛、板块、社区,以区隔更为小众的部落。我们把这样的网络组织叫"趣缘"社群。但到今天,我们发现豆瓣已经是一个比较混杂和大众的平台了,一方面因为豆瓣不得不承载更多的人,所以只能从广义的书、影、音去理解它的使用者的边界,另一方面是因为豆瓣不得不活下去,所以商业资本和商业模式必须介入,那样才有更大的流量。豆瓣作为一个文艺批评网站,如果纯粹是小众,讲趣缘，它在互联网商业化的大潮中是活不下去的。所以我认为在互联网时代，真正起决定性作用的，起重要影响和支配力的，是市场和资本。现在的豆瓣也得资本化运营，A轮、B轮，这是什么概念？资本的概念。互联网平台要活下去，乃至于要发展壮大，不得不跟产业和资本发生关系。所以这也印证了我前面讲的另外一个观点，新型文艺不是传统文艺，它不能独活，靠我们一些高校去养这一个网站，这是不可能的，它必须因为粉丝越来越多而转化成一个产业和资本型的网站，才能活得更好，走得更远。所以豆瓣作为一个典型的中国网络文艺批评的平台，在今天也仍然是越来越商业化，同时也就越来越大众化了。

再来讲一个阶段和另一个平台：微信。

2011年1月诞生了微信1.0版本，2012年8月微信公众订阅号平台上线。微信是至今通行的最常见的即时通信工具，最重要的一点是，我们每个人的朋友圈其中一个功能就是能不断地转发各种公众订阅号的文章。各种订阅号的文章满足了我们自我阅读和推荐传播的欲望,同时也满足了一种社交需求。你首先自己阅读了,也希望别人阅读,更希望别人评论,你再回复评论。

微信订阅号的产生搭载上微信这个即时通信工具,造就了互联网文艺批评一种崭新的方式,这种方式目前仍然非常景气。公众订阅号和朋友圈的结合,事实上,相比之前几个阶段,是真正"拯救"了专业文艺批评甚至知识精英群体的。因为我发现在这之前的几个平台都没有让我们的学者、专业评论家活得更好。比如博客时代,白烨退出了,也没有说哪个评论家在白烨退出的同时大红大紫;刚才讲的豆瓣可能有,但他们不是传统文坛艺术界的专家,不是学院派。自从有了公众订阅号之后,我们的专家和学术刊物、批评报刊都来劲了,甚至一些非常深奥、非常专业的理论评论文章,在公众号上也得到了一些传播、释放,我们终于觉得跟互联网是有关系的了,我们不是局外人,我们也入局了。本来我们以为自己就是权威,后来不断地被边缘化,然后假装权威,其实是把圈子围了起来自己玩,终于有一天,有门了,我们的论文、批评文章也在传开去——这就是微信公众订阅号带给我们的感受,那些文艺评论、文艺研究,各种各样高大上的学术刊物,官媒如《人民日报》《光明日报》等,都开了公众号,大量的政治、经济、文化方面的学术文章得以全面传播,这时候一大批学者和专业批评家认为自己的黄金时代到来了,好歹跟互联网文艺批评发生了关系。这是非常有趣的。

所以我们不要决绝地认为好像互联网文艺批评离我们很远,其实它们也在不断地改变自己的视角和范畴,兼容更多的批评者,或者说玩家。因为它要的并不是批评者,而是热度、流量、传播性,只要可以兼容更多的人,它的发明创造一定会向这个方向努力,就像今天的公众订阅号把我们兼容进去了。所以,融媒体时代的互联网文艺批评,实际上兼容了更多的参与者。

以上这些内容给我们一些重要的启示:

第一,传统文艺批评开始跟上互联网化的进程,并取得了良好的成绩,与其他网民构成的或专业或大众的订阅号同台并行，呈现了"媒介赋权"的景观，以及由裂变向融合的方向过渡的特征，并正在形成某种批评生态矩阵。

大家经历了一番新媒介的洗牌，通过十年二十年的摸索，几拨人汇向互联网文艺批评平台。本来旧媒介似乎衰落，新媒介迅速崛起，主要创作人员也变了，我们一度以为专业性没戏了，但现在看来，裂变的决然二分正在慢慢融合。新的批评生态乃至它不断演变而成的矩阵，就树立在我们眼前。

第二，各行各业涌现的非学院或非体制化生存的批评家，正在媒介赋权的过程中确立坐标点，修正整个文艺评价的坐标系。

每一次媒介赋权之后，都会发生重构，一些人借助重构契机，走入新的权威系统。也就是说，如果过去都是精英的、体制内的专家说了算，那么现在新的批评家权威就是大家一起合作，商量着说了算，文艺批评也兼容了一批非学院和非体制内的批评家。这个在电影批评里也比较明显，有一些豆瓣影评出身的，或者写专栏影评的人，已经成为国内外影视奖项的评委。所以通过媒介赋权，我们的批评家阵营的重构已经发生，未来也将进一步变化。当然，随着网生代越来越主流，受过学院训练的青年知识分子同时又是新媒介的话语领袖，那么所谓阵营的界限就会慢慢彻底消融吧。

新媒体时代文艺批评家的基本素质

首先必须要对互联网进行哲学性的审视。为什么叫哲学性审视？我觉得我们很多人21世纪以来其实都缺乏现成的经验去消化急剧变化的社会进程当中的媒介革命、媒介赋权，我们会想不通、想不明白，有时候显得犹豫不决、行动力有限。什么原因？我觉得是因为我们没有更高的站位，即没有回到哲学社会学的高度去看问题。我们老是站在文学本身，或者艺术学本身看这个问题。那就麻烦了。因为传统的文学和艺术学标准是非常稳定的，你用稳定的标准去看一个正在急剧变化和发展的格局，你当然是刻舟求剑，你在全局性上大体会做错的判断，这很麻烦。怎么办呢？索性拉高视角，站在一个宇宙的高度看人生，这就是哲学社会学的视角。这是每一次社会重大转型、重大转变过程当中都要求人们做的事情，谁不能达到这样一个哲学社会学的高度，重回总体性，基本上就随着旧传统、旧标准、旧体系缩小乃至消失了。当然你有选择权，你不愿意转变视角，这也可以。但是如果你想要对正在发生的社会和文艺有精准的判断力，那么就必须有哲学社会学的站位和高度，然后进行总体性思考。

我曾经给《山花》杂志的约稿写过一篇《网络文学时代的类型文学》，在那里我用一种人类"造物"的高度去看待今天的互联网文艺的位置。我把人类造物自圆其说地分成三种不同的样式形态。

一种是早期人类面对物质的造物，从基本的生产和生活工具开始，即从自然界获取资源来作为我们的杯、碗、瓢、盆、矛、刀、针，一直发展变化到建筑、工业、城市，这是我们对物质世界、客观世界的改造。这是一种造物形态，让我们从原始状态变成一种高度文明的、人类中心主义的生存状态。

第二种造物，跟物质世界区别，就是我们通过文学艺术来造物，这是人的一种创造精神，一种创造欲望的体现。我们发现物质世界不能替代精神世界，物质世界有时候做不到我们想要的，怎么办呢？我们可以虚构，比如小说，它成为重要的"创世界"的文学形态。小说世界的高妙之处，不止在于可以杂糅生活中的种种元素，更在于生活中未必发生，但小说可以延展其可能性——文学是研究人物、情感之可能性的最佳媒介。所以这种造物就形成一个美丽新世界，有时候虚构比真实还要逼真，这就叫艺术真实。所谓"假作真时真亦假"，这就是更高级别的造物。

现在我认为是人类文明有史以来的第三次造物的兴起，随着互联网技术平台的出现，互联网内嵌了一个宇宙、一个世界，你可以在互联网上实现一次全面造物。西方理论将此称作"赛博空间（Cyberspace）①"。一种哲学加计算机意义上的虚拟世界。在这个世界里，只有廊和柱，比如技术和规则。无穷的空的廊柱间填充的就是不断成为网民的人类自己的分泌物、创造物，包括网络文艺作品和网络文艺批评。所以从这个意义上看，这是碰上了一个了不得的大时代、了不得的机遇期，我们的文本再粗糙、再粗鄙也是了不得的历史进程中的一小部分，一切都在进化当中，所以值得为它而奋斗。

有了这种哲学社会学视角之后，那么面对这样一个互联网，你到底能不能成为行家，也就是适应互联网属性的新型文艺能手、文艺批评家，就成为判断新时代批评家的一个依据。西方确实擅于理

---

① 赛博空间（Cyberspace）是哲学和计算机领域中的一个抽象概念，指在计算机及计算机网络里的虚拟现实。赛博空间一词是控制论（cybernetics）和空间（space）两个词的组合，是由居住在加拿大的科幻小说作家威廉·吉布森在1982年发表于《omni》杂志的短篇小说《全息玫瑰碎片（Burning Chrome）》中首次创造出来，并在后来的小说《神经漫游者》中被普及。

论思考，具有逻辑天赋，比如关于互联网和人工智能全面降临后的新哲学社会科学的理论建设。

借此谈一下互联网的"粉丝"理论①，西方学界提出了"学者粉丝"和"粉丝学者"，以分析和引导互联网时代的文艺人群的适应形态。在互联网时代，

---

① 1992 年亨利·詹金斯发表《文本偷猎者：电视粉丝与参与文化》（Textual Poaehers：Television Fans and Participatory Culture），为粉丝研究提供了一个新的理论话语。亨利·詹金斯从自身的经验出发，以一个粉丝圈内人的身份，通过分析消费资本主义社会的粉丝消费、粉丝社区、粉丝文化实践与策略，以及把粉丝看成文化傻瓜（cultural dupes）的媒体，由此发现粉丝是"文本偷猎者"，而粉丝的"偷猎"是一种文化意义上积极的参与。十年后马特·希尔斯的《粉丝文化》（Fan Culture，2002）面世，从心理学和身份认同理论对被"想象"成"他者"的粉丝进行更为细致的研究。希尔斯是电视剧粉丝，他的许多学者同事也是粉丝。但他认为"粉丝不喜欢学者，反之亦然"。在学者与粉丝的双重身份上，如何组合这两个矛盾的主体是粉丝研究中无法绕开的问题。在理论与现实的纠结之后，希尔斯将自己的研究立场称为"粉丝型学者"（fan-scholar）。无独有偶，又一个十年后，2012年琳·朱贝尼斯与凯瑟琳·拉尔森共同发表《十字路口的粉丝：庆典，耻辱与粉丝/制片人关系》（Fandom At The Crossroads：Celebration，Shameand Fan/Producer Relationship）。她们称自己为学者型粉丝（scholar-fans），并挑战希尔斯的定义，认为他是"假装成粉丝但不是真正的粉丝"。

你可以带着"粉丝"的情怀去做学者，但是也可以倒过来，你先是一个"粉丝"，因为爱好，然后你研究得越来越深，长期积累，就变成了一个学者。无论是"学者粉丝"还是"粉丝学者"，都是直面互联网时代重新构建自己的批评思维之后的一种身份建构。所以我们如果仅仅停留在纸质和传统的学科体系上，可能就达不到学者和"粉丝"的融合。

第三种素养，在于掌握互联网时代的批评文本的阅读和传播规律。我经常离开批评讲的一个例子，是网络作家南派三叔的一句话，"凡是不以好看为目的的写小说都是耍流氓"，这句话蛮狠的，但是他代表"读者粉丝"说出了这句话，因为互联网不需要在乎传统的权威，他不需要管我们原来的文学理论和批评标准，他就按照他"粉丝"的需求直接说这句话，实践这句话。如果你写的小说让我们看不下去，让我们看得很痛苦，"都是耍流氓"。也就是在南派三叔看来，小说家应该心里有读者。你可以说他很片面、很偏激，但是这也不失为一种直截了当的深刻，这就是互联网时代新型文艺、新型媒介环境的特点，你不考虑粉丝确实是没有前途的。你写得非常好，有思想深度，专业文体也做得很好，但是在互联网时代没有传播出去，读者只有10个人，你怎么办？而一篇中等思想水平，文体却非常适合互联网的文本，获得了10万＋、100万＋，有人看有人点赞，这就提醒你得照顾媒介环境。所以批评文体的首要问题就是好看不好看、怎么写，然后是怎么传播的问题。这对我们传统文艺的批评家恐怕就有些挑战性，对"网生代"越来越不是个问题，因为他们一开始就在互联网上面写、上面看。也就是说，互联网自身已经在治愈、疗救批评文体，好不好看、怎么写、怎么传播，互联网早就给出答案。

"70后"同代人的批评家中，也有兼跨学院和新媒体的作者，比如华东师范大学的毛尖教授。作为现当代文学研究出身的、做电影批评的专家，毛尖的新媒体传播已经很成功了，毛尖有段话完全跟悲观者的论调不同，她说："我认为，就像我们有过盛唐诗歌、宋词元曲，眼下，正是批评的时代。互联网无远弗届的今天，'批评'告别传统学院派的模式样态,从自身的僵局中至死一跃,不仅可以有金庸的读者量,还能创造艾略特所说的经典,所以,如果要说批评观,我会坚持用写作的方式从事批评。"所以关于批评文体,互联网自行提出了要求,传统批评家也不是没有机会,毛尖展示了她的成功。

最后一个批评家应该具有的素养,是有自我批评的意识。因为我们是受过上一个时期系统训练的人,有一个比较固化的标准,转型比较困难。学院派批评家、南京师范大学的何平教授批评和反思道:"事实上,绝大多数文学批评从业者也只满足于自说自话,文学批评的阐释和自我生长能力越来越萎缩。而这恰恰是令人担忧的。在大众传媒如此发达的今天,文学批评并没有去开创辽阔的言说公共空间。相反,文学批评式微的一个直接后果就是,文学批评越来越甘心龟缩在学院的一亩三分地,以至于当下中国整个文学批评越来越接近于烦琐、无趣、自我封闭的知识生产。因此,现在该到了文学批评自我批评,质疑自身存在意义的时候了。"

这个描述我觉得还是比较准确的。所以我也

赞同他接下来的观点:"文学批评从业者必须意识到的是,在当下中国生活并且进行文学批评实践……只有通过广泛的批评活动才有可能重新确立自己在世界中的位置,建立起文学批评的公信力,同时重新塑造文学批评自己的形象。"

这些并非说我们以往所学都成了屠龙之技,没有用处,而是说我们急需"观念再造与想象力重建",激活自身的总体性思维和批评活力,在这样一片新的广阔天地当中多方合作,重新建立一个良好的文艺创作与批评生态,这正是我们几个代际的文艺批评者要共同去完善、完成的时代工作。

附录一

故事的世纪红利与网络文学"走出去"

2019 年 10 月的乌镇世界互联网大会已是第六届,却是第一次迎来网络文学的板块和声音。22 日,中国作家协会和浙江省人民政府在那里举行了 2020 年中国国际网络文学周的新闻发布会及中国网络文学海外传播圆桌会议。"国际"一词,成了这场网络文学活动在世界互联网大会上首秀的核心词。不到一个月,11 月 15 日,海南三亚召开了"自贸港背景下的网络文学出海论坛",再次集聚了作协、网站、网络作家、网络文学专家 60 余人。出现在 2019 年最后一季的同一个话题热,可以看作网络文学 20 余年发展和近些年所谓"网文出海"现象的水到渠成、登堂入室的结果。

要说网络文学和国际一词的关联,可看到这样一个轨迹：从 21 世纪初个别版权输出的涓涓细流，直至近四五年间业界、学界渐趋热闹地指出网络文学海外传播的种种典型案例、轨迹、景观，到如今，再以官方组织形式宣告——尤其是次年将要揭橥的中国国际网络文学周，可视作国家层面的肯定与加持，如果是一直留意中国网络文艺流变，熟悉其秉性的人，可以结合国内外文化、经济等情势，看清楚这块实实在在的中国新兴文艺在跨国、跨文化的交流、传播、贸易上的崭新增量，它正在成为新时代环境下中国文化创造性转化和创新性发展的亮点。

故事的世纪红利

认识网络文学，包括它的海外传播势能，有必要回到文学与人类的一些基本关系上。文学的创作和阅读，在大众文化遍及全球，且文艺作品与文化产品、文化工业紧密暧昧的接榫过程中，其一部分原始的功能、特征被极大地释放——比如故事，比如娱乐，比如陪伴。

在过去的一个世纪,凡受过文学经典及其系统训练的人都知道并相信,语言是文学的核心。可以说,文学性主要体现在语言上,通俗地讲,对于纯文学而言,作品行不行,可以简化为语言行不行。语言不过关,就不要"玩文学"了。

但在专业的文学圈子以外,特别是在大众文化全面降临的情况下,一个逐渐展开的事实是:世界通用的文学的最小单位不是语言,而是故事。故事比语言的粒子尺寸更大、更粗粝,但也比语言壮硕——越是精微的语言越有局限,比如一个说法是"诗不可译",而故事很少被认为是不可译的。人们从小到老都在听故事,看故事,讲故事,成为故事,乐此不疲。好的故事天下流传,不同语言、民族的人们因为故事互相了解,共同陶醉在故事的套路和花样翻新里——故事是人们共同的摇篮,它确实达成了文学对所有人的最基本的承诺:陪伴。

关于故事的特点及其时代,本雅明曾以《讲故事的人》为题,通过介绍分析俄罗斯文学史上的故事作家尼古拉·列斯科夫,讲到故事作家如何延续出色的传统，这直接影响到了契诃夫、高尔基等人的写作，更关键的是，本雅明由此总结了故事和小说的区别，认为故事有传承经验、给予生活忠告的功能，而现代性意义上的小说从关注自我而扩及人性困境，对他人"无可奉告"。莫言也用《讲故事的人》为题，在诺贝尔文学奖授奖词中描述自己的创作跟中国故事传统之关系。他说他的文学创作萌芽于小时候听爷爷奶奶讲故事，听村庄来的说书艺人讲故事，以及山东老乡蒲松龄的《聊斋志异》。他说："我是一个讲故事的人。因为讲故事我获得了诺贝尔文学奖。"这些，也令我想到 2018 年热门的网文作品《大王饶命》，在这部幽默、自由、类型又有所创新的作品中，作者会说话的肘子夹带了一段自己的创作谈，他说："之前我在上海拍摄阅文宣传短片的时候，某位制作人就问我说，你们网文跟传统文学到底有什么区别，你们的骄傲到底在哪里？我想了半天才回答说，我写小说是因为我心中有故事……这个世界上总有许多遗憾，最终抑郁在我心里成了新的故事。也许我的故事里也终究会有遗憾,但我在圆自己的梦。好春光,不如梦一场,这大概就是我一头扎进网络文学世界的本质原因。与其说我是大神作家,不如说我只是个讲故事的人。"无论经典的作家,还是新晋的网文大神,在"讲故事的人"这一点上达成了共识。互联网和新世纪给予了故事全新的生命力。

当然,给故事带来"世纪红利"的原因肯定没有那么简单。今时今日的全球故事传播显而易见的与文化工业以来的技术、资本和消费文化有关,影视、畅销书、动漫、游戏等成了叙事艺术向叙事经济转化的最佳媒介,世界范围内的《复仇者联盟》《魔戒》《哈利·波特》《冰与火之歌》《火影忍者》,包括宫崎骏动画电影等都在一次次实践与创造着这一语境。而新兴产业市场中的网络文学产业链更是一项引领全球的中国式创举,印证着故事经由文化工业这班车,积极全面地向着互联网时代的数字经济挺进。如果我们看到了前一个阶段顶级的网络文学大神的读者与社会影响力、创富价值、海外传播价值等,就能明白这种以故事(IP)为核心的生产链条所具备的当下性和现实性。这其中的典型案例既有像唐家三少《斗罗大陆》、南派三叔《盗墓笔记》所代表的热闹型的全产业链、多时段开发模式，也有如阿耐现实题材《大江大河》(原著《大江东去》)、都梁革命历史题材《亮剑》所代表的品质型的影视等改编的成功。在这种生产环境和大众文化场域下，"粉丝"作为积极的参与者促进着故事产品的转化速度和口碑，每年都有他们密切关注、热议的作品进入产业链、影像化，成为"粉群"的"福利""口粮"，比如 2019 年的热门网剧《陈情令》《长安十二时辰》，以及年末跨年之作《庆余年》《鹤唳华亭》《从前有座灵剑山》，都充满了"粉群"与业界的共舞效应。

如果仔细观察和思考，我们会发现人类已整体上从文字中心(文字是文化最重要且崇高的传承手段)极大地转移到视听图像中心，这是否损失掉宝贵的深度精神体系姑且不论，但对于故事，它幸运地躲过了灭裂的浩劫甚至因为视听艺术而回到了需求的核心位置，不再掩藏自己的身影。无数的年轻人从文化接受到文化创造，都跟视听艺术关系越来越密切,他们为此而创作故事,成为这个时代及未来很长时间的故事青年、故事生产者。有趣的是,比如在影视编剧这样的行业中,事实上并不支持文学语言意义上的作者,好的故事在文流地位,而不是好的语言。好的语言只是更为高级,而非必须(相对的,否定语言对于文学的重要性,同样是不智的)。

我个人认为这些人类文明的选择是不可逆的,因其有其内在的历史-人性逻辑,所以大多数人在大多数情况下会主动选择故事与整个文化工业的深度结合,形成发展优势。但我依旧支持精英文学及其意见对于这一趋势的介入,历史经验表明,文明的价值、文化的深度是平衡与合力的结果,其主流应该是融合或者至少是分层和分众的。

网络文学的海外贸易

在当前这个互联网时代下,"故事"的呈现形态之一便是网络文学。中国互联网 20 余年的时空幅员里,写作群落也从传统"精英"的少数派变为"草根"大众的多数派,这至少在故事的来源、生活的广延、知识的多样、传播的基数上获得了综合的效应场;作为同样广泛的受教育后的普通读者,他们很大程度上跳过了语言洁癖,接受故事及其背后的新知、想象、思想性与价值观,这最终造就了截至 2018 年 12 月统计的 4.32 亿读者、1400 余万作者(其中各大网站实际签约作者 68 万人)的这样一个大众阅读人口景况、人口红利。还有一些数据也跟网络文学 20 年有关,跟网络文学的海外传播有关,那就是截至 2018 年,各类网络文学作品累计达到 2442 万部。这种数量和体量上的实存,客观上会形成宏伟的故事库,向下游文化产业各端口倾泻而出,并跨越国界和文化圈寻求国际交流、传播和贸易的最大化,最终构成我国自己的"故事云"效能。这种大众文化、文化工业和产业经济现象并非有些人认为的"中国式怪物",这同样是今天人类文明的通用选择,作者与专家们就曾概括了现在所谓"世界四大文化现象":美国好莱坞电影、日本动漫、韩国电视剧和中国网络文学,前三者的出现都与网络文学有类似之处,甚至正是网络文学努力模仿和寻求达致的目标与参照。

而回溯中国网络文学的发展历程,我们可以发现,一直在努力推高这一"故事的世纪红利"的是产业市场与新的盈利模式,主体就是那些网站、数字内容公司和资本。2003年起点中文网成功实现的VIP收费阅读模式,2010年中移动手机阅读基地的成立带动的手机阅读市场,现在看来是最大的普惠的两次盈利模式:2013—2017年影视、游戏等资本推动的网文IP热,让网络作家中的头部作者版权收入瞬间爆发,"一部分人先富起来"了;其间,2008年盛大文学收购多家文学网站并开始全产业链运营,还有2015年以来中文在线、掌阅、阅文在内地和香港的陆续上市等,构建了网络文学企业的一片资本蓝海,并且直接支持了以这些企业为龙头的数字内容和版权的海外输出,通过四五年的布局,网络文学预计会在2020年形成基本的国际盈利模式。

当我们担心2018年以来国内市场的网络文学

触顶盘点，担心其会不会就此缺乏活力和动力时，我认为网络文学的海外贸易将成为其发展的新方向、新的增长极。网络文学从来就不是我们传统观念里的静态文本，它是全球化环境中多元力量动态共生的花果，是一种新时代的新型文艺。在当前的国际国内形势下，经济下行压力加大，部分产业及其资本投资处于过冬期或者调整期，网络文学原有的盈利模式遭遇重大瓶颈，经济效益和社会效益的平衡也需重塑，短时间里内贸动力趋于滞缓，因此，如果我们改换路径，向外扩展，那么网络文学在外贸上的需求量可能会日趋增长——为世界大众读者写作，为世界文化工业提供改编资源，为故事的世纪红利创造流动性，成为中国网络文学（企业和作者）的战略与愿景。

根据艾瑞咨询 2019 年最新研究报告，从海外网络文学读者对中国网络文学的评价来看，67.4％的读者认为中国网文"值得一读，根本停不下来"。网文的娱乐休闲属性、故事新颖性和情节丰富性成为海外读者认为的最具吸引力的选项；有 50％的海外读者认为中国的网络小说比之海外的奇幻文学"更加充满想象力",在线连载、题材类型多样、读者能有更多互动反馈也成为他们认知和认可中国网文的主要特征。关于国外的本土奇幻文学作品未能充分满足大众读者的阅读需求,海外网络文学读者认为,能符合自己口味的原创奇幻文学作品总量偏少,故事背景相似、情节内容单一、作品更新慢、互动性弱、价格贵也是主要的问题,这都成了海外读者选择中国网络文学(比如奇幻、玄幻)作为替代物即阅读对象的契机。有90.9%的受访者认为,当海外奇幻作品无法满足自己的阅读需求时,会选择中国网络小说来阅读。

　　早期的国内成名作品译介到海外的有,如我吃西红柿的《盘龙》、天蚕土豆的《斗破苍穹》、耳根的《我欲封天》、忘语的《凡人修仙传》,到近期热门的横扫天涯的《天道图书馆》、二目的《放开那个女巫》(又名《魔力工业时代》)等,一方面海外网站翻译与国内原创连载同步愈益成为趋势;另一方面,正如艾瑞报告所言,西方奇幻设定与东方幻想小说传统的杂糅,比如《放开那个女巫》以西方奇幻的女巫主题和中国特色("种田文"、现代科学愿景)奇妙结合,给海外读者带来既熟悉又陌生的有趣感受,这就是他们选择中国奇幻作品替代西方本土奇幻文学甚至长期阅读中国网文的原因。这种关联性和陌生感的混搭,也同样可以解释言情、都市、历史等为何容易为亚洲读者热爱。

此外,艾瑞还通过公开数据、专家访谈、用户调研等综合手段推算,认为海外潜在的网络文学读者数量着实不少。与中国有着相似文化背景的东南亚地区,随着移动端的火热,未来网文的用户规模还将持续增长,预计将超过 1.5 亿;在欧洲地区,奇幻文学长期积累的人气加上欧洲电子书市场的不断发展,中国网文将受到预计超过 3 亿用户的关注;在美洲地区,随着海外网文论坛、翻译网站及出海阅读平台的共同发力,预计网络文学用户潜在规模会有 4 亿+;在非洲地区,大量预装在中国生产的手机内的阅读软件帮助中国的网络文学快速进入非洲市场,预计未来非洲地区的网络文学用户规模会在 3 亿＋。而这些潜在的市场规模将达到 300 亿元（人民币）＋。

翻译问题与海外网文的本土化原创

尽管中国的网络文学在海外具有很大的市场规模，但在海外传播也就是网文外贸的过程中，始终存在一个核心问题：网络文学的翻译问题。

网文翻译起始于粉丝翻译。他们主要凭自己的兴趣爱好，即本身就是某家某作或者某类型的网文爱好者，因为热爱而倾注热情，用业余时间参与其中，成为网络文学海外传播的最早的使者，有其"粉丝文化"的典型性，但这样的翻译通常效率较为低下，质量也难免参差不齐。经由市场化之后，专业的翻译小组、全职签约译者出现了，他们采用标准化生产方式，翻译的质量和效率自然比自发的业余爱好者要强很多，但此时需要付出的成本也相应提高了。

从网络文学市场主体即内容运营商来说，采用较低成本的手段创造海外阅读消费力和提高翻译速率,是他们想方设法的"技术攻关"对象。于是2018年,像"推文科技"推出的 AI 翻译生产系统(机器翻译),成了目前网络文学翻译问题最好的解决途径。有数据表明,人工智能翻译生产系统的应用,可以使得行业的效率提高 3600 倍,成本降低至原来的 1%。以法翻网站 Chireads 的机器翻译与人工本地化编辑相结合为例,首先基于他们自有的 Google AutoML 训练的 AI 翻译引擎对网络文学原文进行初次翻译,在此基础上再进行人工翻译和校对,最终形成海外版译文,这样的翻译模式大大提升了翻译的效率并且降低了成本。以 3000 字的一个章节为例,传统人工精细翻译需要 3 个小时,而在机器翻译+编辑的模式下,仅需不到 15 分钟,而 Chireads 的目标则是控制在 5 分钟以内。固然,机器翻译一定会存在着另一些问题,比如准确度、质量,以及翻译和编辑的内容版权分散、法务成本较高等,但面对网络文学海外贸易这样的市场窗口期,以及网络文学"文不甚深"、故事为王的特征,AI

的机器翻译一定是当下网文出海最重要的技术推动力。

有论者提出了网络文学的精品精译,这种思维与纯市场、机器翻译是两极,已然考虑到了网络文学海外传播中的经典化问题。优秀的网络小说理应与负责任的、走向国际经典的翻译质量相匹配,从而实现海外传播的双翼效果,我想这同样是今天网文翻译的重点和难点,也是真正爱护网络文学、珍视网络文学历史价值的建议。我在 2016 年欧洲之行时就发现,欧洲一些一流的中国当代文学翻译家也有愿望了解甚至着手为网文做翻译的,只是面对浩如烟海的网文无从选择,或者面对一部作品字数上的巨大,很容易望而生畏。我想,这个维度的工作还需要中国的专家同行配合才能事半功倍。

有趣的是,以网文海外输出巨鳄阅文集团为代表的企业,富有创造性地开辟起海外"网络文学本土化运营"的战略,也就是直接吸收和激励海外读者在网站平台上原创他们母语的网文。阅文总裁吴文辉在介绍他们这部分业务的时候以一位 24 岁的西班牙软件工程师阿莱米亚为例,2018 年 4 月,阿莱米亚在"起点国际"开放原创功能之后,尝试性地发布了第一部作品《最终愿望系统》,这部作品从此长期占据原创作品推荐榜前列,并成为网站首部签约进入付费阅读模式的原创作品。吴文辉说:"像阿莱米亚这样怀揣网文梦想并开启写作的年轻人不在少数,经过了一年多的发展,起点国际的平台上,已有 4 万多海外作者,审核上线了 6 万多部原创英文作品。事实上,在欧美市场,以及人口基数非常大的东南亚市场、亚非拉市场,写虚幻类型小说的人有很多,而我们的平台,给他们提供了实现写作梦想的机会,并通过付费阅读模式让他们获得收入。"

由此,我们完全能够看到,中国网文资本正在创造性地运用全球化规律,溢出旧模式和小格局的探讨范畴,实现全球文化生产力及其生产关系配置,输出"同一个世界,同一个梦想"的那么一种有关"故事的世纪红利"蓝图。从中国文化产业的全球征途看,这就是一场创世界和梦工厂的宏图伟业,并且演绎着"国运同文运相牵,国脉同文脉相连"的时代内蕴。

附录二

不断发展的中国新型文艺与国家人才观

——谈 2019 年中宣部"四个一批"人才中的网络文学板块

21世纪文学艺术面临的一个巨大变量，来自互联网及接下来一系列技术"奇点"越境后的全面融合。也就是说，我们会愈来愈多地领略科技与文艺杂交、繁衍、互动、互生过程下的新型文艺。这些创作天然地诞生于非传统、非单一领域的语言教养，它们依旧借助设计、文学、绘画、音乐、影像等基础，但科技、创意和商业的母体给予他们更为突出、更为鲜明、全面跨界的时代特征，指引它们成为大众文化、生活美学、全球化经济，乃至"后人类"文明的主要构件。

如果用传统的文学艺术标准去评价，还不如用文化产业的概念去解释它们。但如果仅仅视它们为即时的日用消费品，难免忽略了它们灵活自由地调用古往今来的文化、文艺因子，重建着影响人们思想、情感、意识形态的精神与美学，在目前的环境中，它们最终是有可能孕育出新时代的伟大文艺的。

这样的新型文艺总体，是人类社会发展模式的选择结果。在中国，就是中国社会发展模式，以及逐步沉淀为国家文化的一部分的选择过程。事实上，伴随着改革开放的历程，在不可阻遏的全球流动和同一性之下，我们的新型文艺已然孕育出从"中国制造"向"中国创造"不断攀升的典型样本。这一实践在 21 世纪的 20 年里，最早成形的就是网络文学，最新的则是以抖音为代表的短视频、直播。它们都是全球意义上独树一帜、具有引领性的新型文艺平台和文艺样式。

在最新一批中宣部文化名家暨"四个一批"人才入选的大名单中，我们看到了文艺界和文化经营管理界人选的一些新变化。如果说，文联、作协口子的传统文艺工作者和国有文化传媒单位的经管人才依旧是名单里的主流，那么，新型文艺概念下的代表人士在这份 2019 年名单中的比例显著提高了,可以说实现了从相对缺乏到有力递补的坚实一步。

在上一届(2017年)的"四个一批"中,爱奇艺的创始人龚宇和网络作家中的杰出代表张威(笔名唐家三少)初露新型文艺人才入选的端倪。而这一届,网易、哔哩哔哩、完美世界、阅文集团、掌阅等新型文艺企业的掌门人纷纷入选。这当中,网络文学板块可以说是集中体现了国家新型文艺人才观的最具完整性的一个领域——既有一批富有影响力和精品意识的网络小说作者(网文"大神")入选,又非常关键地把网络文学产业的领头羊、阅文集团的联席CEO吴文辉放在其中(四个一批青年英才)。也许,在同一届国家级文化名家暨"四个一批"人才中出现同一领域创作和产业双环节的代表人物,是一种水到渠成的偶合,但我认为这种兼顾上下游的闭环思维其实很重要,能够真正体现我们在新型文艺人才观上的合理布局和系统性关照。

不妨以网络文学入选人才为例做点分析。

一方面,在网络作家人选上,中国作协的推荐和各省市宣传部的推荐形成了一定的互补。中国作协推荐的入选者有蒋胜男("四个一批")、朱洪志(笔名我吃西红柿,"四个一批"青年英才)、李虎(笔名天蚕土豆,"四个一批"青年英才),地方宣传部推荐入选者有王小磊(笔名骷髅精灵,"四个一批"青年英才,上海市委宣传部)、林俊敏(笔名阿菩,"四个一批"青年英才,广东省委宣传部)、袁锐(笔名静夜寄思,"四个一批"青年英才,重庆市委宣传部)。如果说中国作协的推荐对象更看重全国影响力,各省市宣传部的推荐则可以兼顾地域代表性和创作上的多样化。此外,中央统战部推荐入选者刘炜(笔名血红,"四个一批"青年英才)则从新的社会阶层代表人士角度补充、照顾到网络作家。这一届始,根据入选条例,55周岁以下的文艺名家可申报"四个一批",40周岁以下的可申报"四个一批"的"宣传思想文化青年英才"——这是"四个一批"人才选拔中首次增加的板块,使我们党和国家的文化揽才和表彰作用更为积极,更体现下沉意识。这不但为网络文学创作人才的入选拓宽了渠道,更为关键的是，这为网络文学等目前以"80后""90后"为创作主体的青年群落，提供了符合其新型文艺发展特点的制度安排。

另一方面，所谓新型文艺，就是产生或生产的"范式"不同于过去，甚至体制机制完全转型了的文艺。这中间，文学网站及其经管人才功不可没。我们做网文研究的就很明白，除了具体作品评价的这么一种内部研究，网络文学更具开拓性、实证意义和乐趣的部分，来自网络文学在国际国内时代环境中生成、发展、流变的那么一种外部研究。我们深刻认识到，在中国网络文学20余年发展史中，如果缺少一批具有商业模式、生存活力的网站，还会有这样一类生动的"中国创造"吗?！从这个角度讲，它们就是我国改革开放背景下社会主义民营经济的有机组成部分。

并且，这种平台是网络文学自己内生的，是由一部分网络文学爱好者慢慢转化、蜕变并且有具体的角色分工的（如吴文辉等起点中文网的创始人团队）。固然，20年后的今天，平台资本化在所难免，但还会有新的历史要求和时代场域建立在文学网站及其产业集团中，要求其承担起更高级别的功能、价值。比如，社会效益和经济效益并重且始终把社会效益放在第一位；比如，提倡网络文学现实题材写作。阅文集团举办了三届"现实主义网络文学征文"赛事，推出一批现实关怀的精品网文，将一部分优秀网络作家转化为时代故事和时代精神的直接书写者；比如，在全民抗疫之初，主办"我们的力量"抗疫主题征文。媒体报道说："阅文后台涌入12000多名作者报名参加，4000多部作品审核上线。"从网民津津乐道的 2003 年起点中文网 VIP 收费阅读模式的建成，到"白金作家制度""IP 共营合伙人制度"，到今天的阅文集团全力布局网络文学海外传播，让中国故事"走出去"，将盈利模式建立在世界读者的范围里和蓝图上——这些都是新型文艺的特征、方法、生存史和发展史。

所以，当我们理解了这种文艺与市场、大众、国家文化和全球竞争力的辩证关系、张力结构之后，就会明白，在人才选拔和梯队建设上，理应有合乎其内在属性和发展路径的精准体现,这次的中宣部名单就是一个表达、一个讯号,也是一种团结引导、一种重视鞭策。在条件合适的情况下,我们还应该将新型文艺创作链、产业链、价值链上的更多不可或缺的人才考虑进来,形成全"面"的、系"统"的构画,比如那些长期关注网络文艺、开展研究批评的优秀理论评论人才,对新型文艺的全球化和产事业做跟踪服务的杰出的外贸、交流、翻译、改编和智库人才。这样,面向未来发展的新型文艺,就会拥有一支更加稳定有力的人才队伍。

我们期待,中国不断涌现的新型文艺可以作为国家文化的一类支柱性存在,健康、富有品质感和协调性地实现其创造性转化与创新性发展,在实现自我优化的同时致力于建构人类文化共同体的某些重要面向,经由流行、通俗和时尚,经由科技和艺术的融合,萌生出崭新的人文生态,贡献中华文化复兴的全球样本。

附录三

浙江省文联"崇德尚艺"宣讲团台州演讲纪要

各位台州文艺界的朋友,大家上午好!

我又来了,最近老是来台州,都是来讲课,按网络用语,"又又又又来了"要写成"又双叒叕来了"。有些同志会很烦我,所以他先走了,金岳清主席跟我是省作协主席团的成员,主席团开会我俩每次都是左邻右舍,他碰到我就会说:老是跟你坐,我很烦你。所以他今天先走了。但今天跟过往不一样,为了不让台州文艺界的朋友听同样的东西,我重新做了一个题目;并且今天是省文联的"德艺双馨"宣讲,我觉得意义非凡。今天的组合也很不一样,除了我,还有斯舜威老师、张钎兄,我们是三个男人一台戏,很难得。

鲁迅先生讲:"当我沉默,我觉得充实;我将开口,同时感觉空虚。"讲自己德艺双馨实在惶恐,尤其像我跟张钎,都是"70后",那么早就德艺双馨,这不太好。我们至少还要用半生的时间去坚持、坚守、维护这样一种品格、操守、水平,这对我们来讲责任非常大,时间非常长。接到这个任务之后的过程,尤其是做 PPT 的过程,我感觉在梳理自己的过往,就像鸟梳理自己的羽毛,这是一种惯性,也是一种需求。梳理着梳理着,你会觉得自己越来越干净,因为有许多东西是需要通过梳理、通过反思、通过回忆、通过重新确认来了解自己的,我们不是时时刻刻都在初心的状态,我们不是每一天每一刻都有初心,但是梳理可以让我们回到初心。所以这个过程很好,让我更加接近或者说油然而生那么一种对德艺双馨的追求,这是一个机会、一种契机。

我的梳理可以归纳成三个问题,或者说三个问号。这些问题看似是讲给大家听或者是提问给大家的,实际上是我在向自己提问,是自问自答。

作为一个文艺评论工作者,我正式写文艺评论已经 20 年了,也就是说,我 40 多岁的人生,有一半时间都在跟文艺评论打交道。这个过程当中我觉得有三个问题是可以问自己的。

第一，是作家还是评论家？当时有选择做作家的机会，虽然做不成莫言、余华，但是做具有一定代表性的作家，我是有信心的。但是，是在什么拐点上我成了文艺评论家呢？

第二，是为艺术还是为人生？这个话题如果大家有文学史的知识就会知道，五四新文学就探讨过这个问题，当时的文学研究会和另外一些文学艺术家比如创造社之间，关于文艺是为人生还是为艺术的问题曾有过一场文艺论争。我想对于文艺家个体来讲，二者实际是不可分割、不可割裂的，但是相对而言在今天，尤其是我个人的生命成长体悟中，我强调文艺是为人生。

第三，是传统文学还是网络文学？刚才的宣传片我看了，我也是第一次看，它主要交代了我做网络文学的 10 余年的情况。所以这个问题讲的是对我最近 10 余年工作和生活造成极大影响的内容。

在这里我先留一句所谓的个人"格言"："以自

我的选择,探索文艺在人间的门户。每个人总要在选择中走各自的道路。"我们既然是文艺人,我们在这个领域一定是要通过自我的选择,探索文艺在人间的意义和发展的,而每个文艺人,也一定想要从中走出一条有风格、有特色的自我道路吧。

第一个问题,从文艺和人生的关系开始。

我是一个地道的杭州人,杭三代,老杭州。从外公外婆这一辈开始都在杭州住,杭州对我的影响是非常大的,我基本认为自己性格的优缺点都是杭州式的。

这么好的一个城市,一个自然和人文高度融合的城市,它滋养了很多东西,既有一些曾经的皇城根的气息,也有我们讲的"杭铁头"的印迹,当然更多的是文人气、文化味道。杭州的文艺资源太丰富了,历史传统对我们的影响很大;但也有一个问题,至今为止我没有勇敢地走出杭州,我不是说我的创作和评论走不出去,是指物理空间走不出去,全国哪里都没有杭州好,没有浙江好。这是"上有天堂下有苏杭"的心理依赖。有一年我跑到上海去工作,我爷爷是从舟山到上海,成了上海人,我以为这是我的拐点,我的上海生涯也要开始了,但是我只在上海待了一年就逃回杭州。固然人生的行动线没有如预想地那般发展,但文艺创作是要不断发现文化单一性的问题的,应努力打破原来的舒适区。

回来说杭州,是想表达两个意思。我去年写了一篇散文,文章叫《自我精神成长考古记》,通过梳理羽毛,讲述了青少年时期有哪些文化印迹影响到我今天。

我在文中说,青少年慢慢有文化之后,发现:哦,原来这里是郁达夫的故居。那边是鲁迅度蜜月的酒店,我指的是新新饭店,鲁迅跟许广平度蜜月就在新新饭店,住了近一个礼拜。关于这段蜜月,里头有很搞笑的一幕。鲁迅的好朋友许钦文,在鲁迅夫妇第一天来度蜜月时,他就去看望。鲁迅跟他聊得很开心,晚上就说你不要回去了,加一张铺睡在我们中间吧,那个朋友居然真的就加铺睡在中间。他们第二天继续喝茶聊天,第二天就又睡加铺,数天日程,许钦文一直睡在鲁迅和许广平中间。

在《鲁迅年谱》中看到这段,我觉得有趣,笑出声来。

还有我小时候住的墙门里有几户大户人家,院子里有栋二层楼的房子,也就是我们住的那栋,楼上住的其实是康有为的小女儿。康有为晚年,找了一个年轻的西湖船娘结了婚,他的小女儿就在我们楼上,但我小时候都不知道,墙门里大多数人也不知道。我们叫她康医师(她学医的)、康外婆,叫她先生陆医师、陆外公,从来不知道她是康有为的小女儿。但等到你有文化了,一回想,杭州处处都是活的文化历史人物,甚至就在你家楼上。所以说这个地方的文化资源、文化生态是极好的。

再比如少年时总有喜欢的女生,下雨天跟她踱步在大塔儿巷的时候,已经读过的戴望舒笔下的"丁香一样地,结着愁怨的姑娘",给本就美好的青春期又增加了浓得化不开的文艺氛围。所以杭州是很美很浪漫的,浙江是很美很浪漫的。

这一切很容易促使我去做文艺,地域文化和个人兴趣相结合,孕育养成,才有了今天这样的一个我。

　　我第一次投稿是在小学五年级，大概是 1986 年，我清楚地记得我们三个小伙伴、同学，怎么利用午休时间去当时的浙江教育学院，就是现在文三路的浙江外国语学院投作文稿。第一次的投稿没被录用，小伙伴们放弃了，我却坚持了下来，在五年级下半年发表了第一篇习作，拿到 5 元钱稿费，1986 年，一个学生得了 5 元稿费，这已经不得了了。拿到这 5 元钱以后我干了一件什么事情呢？买了很多大白兔奶糖，然后给老师和同学，尤其是那些爱写作的小伙伴们。做文艺少年是美好的，当时就在我心里种下了作家的种子，也是一点初心的萌芽。

　　一个转折点出现了，就是在杭州大学读研究生时，20 世纪 90 年代中期，我开始崇拜很多学者。那个年代我们崇拜陈寅恪，崇拜钱钟书，崇拜李泽厚；我们一知半解地看大量的西方哲学、美学、文学书。有趣也很糟糕的是，我读过的学校似乎全没有了；我的小学叫中北三小，没有了；我的初中叫韶山中学，没有了，我的高中叫延安中学，也没有了；最后我修学研究生课的大学杭州大学，也没有了。

我在杭州大学的导师是吴秀明先生，温岭人，在他那边我学的是现当代文学，毕业了之后跟他合作出了我的第一本研究和评论方面的书，这本书研究的是我们浙江一个作家叫高阳，他是与武侠小说泰斗金庸齐名的历史小说大家，杭州望族许氏家族的人，后来去了中国台湾。我们的书叫《隔海的缪斯：高阳历史小说综论》。之后我就到了浙江文艺出版社，跟随另一位恩师李庆西先生，他是20世纪80年代非常有名的文学评论家，也是寻根派代表作家李杭育的哥哥。这两位老师对我进入评论界、写好评论都有影响。吴秀明老师教我写论文，怎么越写越长；李庆西老师教我写书评书话，怎么越写越短。在他们两位的这种"变态"训练下，我变成了一个时而写长、时而写短的人。

我想讲的是进入评论家这个角色之后，尤其是兼职干了20年之后，我的感受是：评论家是热闹的，但同样是寂寞的、孤独的，而且是无边的寂寞。为什么这么说？比如今天要出来宣讲，其他艺术门类像戏剧、影视、音乐、舞蹈、书画都好讲，有图有真相，最尴尬的是文艺评论家,文艺评论家给人的印象就是躲在书山里拼命写东西的一个人,它写的东西很难绘声绘色讲出来。而且做文艺评论必须对原作进行反复阅读之后,才能阐述一点点自己的看法,无论评论的对象是文学还是影视、戏剧,必须认认真真把所有的东西都看完。比如我主要搞文学评论、小说批评,过去的长篇小说 30 万字、50 万字就是一部,然后我们读完写一篇 3000 字到 10000 字不等的评论。现在我看的对象是网络小说,他们一部有的三五百万字,长一点的有七八百万字,甚至 1000 多万字。当我看完一本 1000 多万字的长篇小说,我仍旧写 3000 字的评论,这之间字数的对比是惊人的,工作量也是惊人的。我们一年有多少时间陪家人休闲? 当你进入文学评论家这样一个角色的时候,尤其是进入信息大爆炸,网络文学成为时代文学,至少是阅读主流的时候,你面对 300 万字到 1000 万字长度的一部小说,你还有多少时间给自己和家人? 你的产出又是如此之低,一般一个报纸给你两三千字的评论版面就不错了,学术刊物 6000 字到 12000 字也不错了,但是跟 300 万到 1000 万字这样的原著篇幅比,我们所做的工作量是非常大、非常艰辛的。

引用著名的美国文艺评论家乔治·斯坦纳的一段话,这段话我觉得写得挺有人情味,说明了文艺评论家的难度。他说:"当批评家回望时,他看见的是太监的身影。如果能当作家,谁会去做批评家?如果能焊接一寸《卡拉马佐夫兄弟》,谁会对陀思妥耶夫斯基反复敲打最敏锐的洞见?如果能塑造《虹》中迸发的自由生命,谁会跑去议论劳伦斯的心智平衡?"他在 1963 年的一篇文章里的开头第一段就是这么说的。这是一种牢骚,也是真性情的体现,因为这家伙作为人文主义的批评家,在全球的评论家中都很出色,他的一生还是做了评论。所以评论家是需要这样的一种工作伦理和奉献精神的。

也因此,我说过这么一段话:评论家是以巨大的阅读量换取相对短小精悍的评论文章的。因长时间的伏案工作,有了许多职业病和身体疾患。然而评论家是文艺的守护神、美的鉴定家、文化经典的缔造者。我想这些话是肺腑之言,大家也不怀疑它。

　　这里讲一个小故事。我有篇文章叫《文学未来学:观念再造与想象力重建》,2013 年 1 月份发表在《南方文坛》上。我的这篇文章就有幸得到了编辑家的扶持。《南方文坛》杂志的主编张燕玲老师,也是一位评论家,约我这个稿子她约了 3 年。2011 年她跟我讲:夏烈,我们杂志有一个很王牌的栏目,叫"今日批评家",坚持了 20 来年,现在做了快 100 位评论家。她说,你必须上。第一年约我的时候我刚进入高校做行政工作,我说我忙。一年过去了,我以为她不会再找我了,但她又给我打电话:"夏烈,你今年可以给我稿子了吧,你要上上心,你毕竟是一个评论家。"我当时有点感动,也有点难受,因为她告诉我:你不是一个简单的行政官员,你是一个评论家,你的专业不错,你要坚持下去。结果那一年我还是因为有事情耽搁了。第三年她给我打电话:"夏烈,今年你务必给我,我把版面留好了,明年的第一期。"我实在"受不了"这样"残酷"的编辑家,我请了三天假在家里，反复地思考题目，反复地找材料，每个晚上写一点，三个晚上把 10000 多字的文章写出来了，但我的腰不行了——腰不是这文章弄伤的，是更早的时候我写高阳那部研究专著时弄伤的。读书期间，为了与吴秀明老师合作完成那部书，在冬天，漫长的冬天，每天晚上我都要写到凌晨 2 点钟，坐骨神经就出了问题。这回因为赶着交稿，所以旧伤又复发了。欣慰的是，张燕玲老师觉得这篇文章不错，偷偷推荐给《新华文摘》，《新华文摘》的陈汉萍老师也觉得不错，便全文转载了。这当然是对我的鼓励，但从功利的角度讲，在高校，《新华文摘》那叫权威期刊。我们很多文科的教授就说：夏烈牛的嘛，做了那么多行政工作，还发了全文的《新华文摘》。总之，评论家这个行当是很辛苦的，如果在座的各位有评论家，我们握个手；如果你们的孩子想做评论家，稍微注意一点，我觉得做作家比成为我们好。

第二，为艺术，还是为人生？我已经讲过了，这不是一个割裂的话题，既为艺术也为人生。为人生是根本,我们同时是文艺家,必然为艺术。在这里,我还是通过自我回忆跟大家聊一下这个话题。

鲁迅先生之于我,或者说对于现代中国的作家、艺术家很重要。鲁迅精神我想大家应该有共识,代表了我们现代知识分子精神的一个标高。我青少年读书的时候,难免跟广大学生一样有些讨厌鲁迅,讨厌是因为鲁迅老是被考试,经常要背诵他,各种各样的题型都有鲁迅。但我记得非常清楚,高中毕业我先工作了,踏入社会后,不用说一年,只一个月、两个月,突然就意识到过去读过的鲁迅全部降临了,鲁迅还活着,鲁迅精神很重要,鲁迅所批判的中国的文化问题和社会问题仍然大量的存在,鲁迅可以和我们息息相关,成为我们精神的滋养。那个时候,我不光读鲁迅的小说和杂文,我床头天天放着鲁迅的一本非常薄的散文诗集《野草》。对于这个集子,我读了汗毛倒竖,既被其中的艺术震惊,也被其中的精神震惊。"绝望之为虚妄,正与希望相同""抉心自食,欲知本味,创痛酷烈,本味何能知",我想把我的心脏拿出来尝一尝,了解其中的本味（本心）。但是创痛酷烈，吃自己的心是多痛苦的一件事啊！我又怎么能知道那本味是什么呢？那种近现代知识分子对中国命运的强烈的观照，在鲁迅的文学里时时刻刻有所展现。包括他对于时代青年的关怀，让我们"肩住了黑暗的闸门，放他们到宽阔光明的地方去"，鲁迅先生说他是去不了黄金世界的人，他不光明，他黑暗，他是影子，他像蛇，像猫头鹰，像狼，他把自己比喻成一切黑暗的东西，然而他说，我们要肩住黑暗的闸门，放他们（青年人）到光明的地方去。现在的青年人，乃至于将来的青年人，也包括我们在内。那种精神在当时令我非常震惊。

我后来写过的一篇短文《我的批评观》里讲到这个问题，我说高中毕业了，我才醍醐灌顶式地明白了鲁迅的世界。有这些领悟，我内心是狂喜的，它们成了我带着感伤的精神能量。那时候我看到柴静的一个视频，她引用"深夜没有痛哭过的人，不足以谈人生"。这话一下子把我带到了那段瘦骨嶙峋貌似难民的青春后期的岁月，我当时的小身板为了扛住释迦牟尼、孔子、老庄、王阳明和鲁迅,难免常常在深夜吞声痛哭,搞得如狼似犬。这是真实的,我第一次在公开场合讲这个话。我记得非常清楚,我躺在床上,有时候会想很多社会问题,想中国怎么改变。个人很渺小,刚刚高中毕业开始工作,就突然意识到这些问题了,这些都是要我们每一个人去解决,一件一件去做的。然后想到鲁迅和先贤的精神,很难受。我们那个时候房子不大,隔壁房间是父母,我要压抑自己的哭声,不能哭出来,但是那一刻想到很多人生和社会问题,想到先贤的时候,我在床上眼泪就流下来了,然后喃喃自语。有时候想到鲁迅的话,就会说:先生啊,先生啊。有时候想到释迦牟尼:哎呀,佛祖啊,佛祖。很迂腐吧?很迂腐。但是很重要。知识分子是怎么来的?文人骨子里应该是怎么样的?现在这些年我倒没有这样感性的表达了,但是那个时候有。想想如果当时真放声大哭,确实慌兮兮的,尤其是我父母,他们会以为儿子怎么样了,是大学没考上脑子有问题了,还是刚到单位被人批评了?但实际上这就是一个知识分子和文艺家的成长过程，他是需要裂变的，灵魂要出窍，或者说精神要转型了，这个时候自然会非常的难受。

还有一个小故事我也愿意分享给大家，在我们的阅读史和文学史里有部作品一点也不重要。晚清的一个作家，吴沃尧（吴趼人），他的代表作是《二十年目睹之怪现状》，谴责小说，我讲的不是这一部。刚工作的某一年，我在电视台看到一个港剧，叫《九命奇冤梁天来》，原著作者就是吴趼人。主演当时还没有现在这么红，张家辉，他演主角梁天来。这个戏我觉得很好看，它是晚清的一个冤案集成。里面有一个细节对我影响很大，对我精神成长非常关键。这个冤案中，受冤人要把官司打下去急需一名状师，梁天来求助于一个和尚，该和尚在入空门前是广东的名状师，也就是我们现在的大律师。他曾经是有钱就帮人打官司，做了不少伤天害理的事，最后因果循环、家破人亡。他突然醒悟，遁入空门。当这个冤案有求于和尚的时候，关键的故事点出现了，庙里方丈和这个和尚呈现出两种不同的态度:方丈的意思是红尘事红尘了,我们是修佛的,不用去管,自有因果。而这个状师心里还藏着一种冲动,世道不公,我学佛是为什么? 我就应该帮助他们,就应该介入这件事情,为受冤的讨个公道,最后他选择了去做这个事。和尚最后在诉讼的过程中被贪官搞死,他为案子做出了最大的努力和贡献,他自己也殒命了。这一情节,因为出现在我的一个特殊的年龄和精神阶段,我就感同身受,所谓同体大慈、同体大悲。虽然我们只是做文艺的,但是骨子里你要有正义感,要有强烈的社会关怀,要有道义,要有责任,要有崇高感,这些东西如果没有,你认为你修了佛,却可能是你忘了人间。从这一点上,这部作品固然文学地位没有那么高,但是里面的一个角色、一种情怀打动了我。

所以我想说,文艺作品要书写现实与人生,表达梦想与追求;文艺评论要用理想和道义照进人性深处,不辞辛劳地为创作掌灯。镜与灯一直是文艺中重要的象征隐喻,可以是镜子,也可以是灯,但在这里,在今天,我要强调"灯"的一面,文艺是灯,文艺评论更是灯，因为文艺评论还要帮助文学艺术家掌灯。这样的文学艺术评论我觉得是有深度的，是有思想的。

第三个问题，传统文学和网络文学。

我去年出了一本书，叫《大神们——我和网络作家这十年》。里面记录了我和浙江网络作家、全国网络作家的一些故事。可以当八卦看，也可以当史料。里面记录了"同代人"一起成长的一段心路历程、一些思想和情感轨迹。

网络文学工作在 2006 年进入我的人生，那时我在杭州市文联《西湖》杂志社当社长助理兼杭州市作协秘书长。工作要创新，传统的小说、诗歌、散文、评论、儿童文学等板块工作萧规曹随就可以，那么工作创新搞什么呢？我就建议搞网络文学，或者叫类型文学。结果杭州市作协主席团就同意了。2007年 1 月，我们成立了全国作协内的第一家类型文学创委会。一晃十一年过去了，我不讳言，传统文坛对我做这个工作一直有争议。第一个阶段是在2006—2007 年的时候，他们跟我讲，你要搞就去搞吧,但网络文学实在是垃圾,浪费生命,你应该把时间更多地放在纯文学评论上。有理由相信,这是朋友的话,是为我好。三四年后,南派三叔、流潋紫这样的作者在浙江大地上,在全国网络文学市场,包括在影视产业获得了丰收。他们讲,夏烈这个人浮躁,太喜欢热闹,哪里有钱就往哪里去。我想这个评价是不准确的,我介入网络文学的时候它还是比较边缘的,谈不上利益,我做组织工作不是为了钱。2017年,我做网络文学工作十年的时候,有传统文坛的名家跟我讲:你要反思你这10年干的事情,你可能是历史的罪人。我压力很大,比今天来做德艺双馨的宣讲压力大得多。我认真地想,我做的这块东西是不是真的那么Low?在鄙视链里是不是永远会被鄙视下去?作为一个评论家我是不是失焦了,失准了?但反复思考后,我还是想说,自己应该干下去,因为这吻合文学史的经验,吻合文学艺术内在的规律。一个文体从草根开始,慢慢地上升为亚文学,最终到经典文学。我们的诗、词、曲、小说,都是从民间草根开始,都是先不设门槛,有很多人在那边写，甚至有很多粗劣的作品，但最终总是会拱出不少经典的，尤其是有水平的文人、知识分子参与之后，这个文学艺术门类就会熠熠生光。比如明清小说，有很多是不入流的、没法儿看的。我在杭州大学读书时，也花了点时间研读明清小说——由才子佳人到艳情小说，可谓泛滥滋生，但毕竟拱出了《红楼梦》。"四大名著"其实都是这个来路。所以我想，对网络文学要有期待，只要你信任它，陪伴它，引导它，最后它会回报你一颗明珠。我是在这个意义上坚持把网络文学工作做下来的。

还有几句心里话，当我发现浙江的网络作家阵容如此强大的时候，会生出少年热血的感觉，这种东西我认为是初心。比如我会想到少年时读的《封神演义》，姜子牙祭起聚仙旗，各路神仙就会来帮他，共举善业。想到《三国演义》里桃园结义至隆中对，三兄弟能够这样创造一番事业。《水浒传》一百零八将从聚义到凋零，虽败却也一时风流。现在年轻人喜欢《魔戒》(《指环王》)，我认为书中的甘道夫就是这魔幻世界的"评论家"，他从一个灰袍的法师变成一个白袍法师,他在升级,他做的就是评论家的工作,是他发现这个时代的变化,找到同道人一起去冒险,成就一个英雄故事的。他是黏合剂,他是真正在队伍里鼓励大家的人,所以甘道夫很重要。我认为我今天在做的很多评论和组织工作就是甘道夫的工作。所以我说"听和看,指和挥,是三国周郎的作为,是诸葛孔明的作为,也是甘道夫的作为"。

具体的浙江网络文学工作可以举一些要点:2014年我们有了全国第一家网络作家协会,到了2017年年底,我们有了第一个中国作协网络文学研究院,2018年有了网络作家村,同时搞了中国网络文学周。今天,浙江的网络文学乃至网络文艺的事业,正在成为全国的样本,屡屡得到王沪宁、黄坤明等中央领导的肯定。明年我所得到的消息是,要全面提升浙江在网络文艺、网络文学方面的工作,要讲国际性。

中共中央的关注与我们所做的努力即地方的实践是有关系的,中共中央用很多文件和讲话指明了道路,对新的文艺工作者群体和互联网阵地都做出了要求。所以我们的工作并没有做错。

时至今日,中国网络文学的用户数达到了4.3亿,而网络小说也不仅仅是给低端读者看的,我身边有很多领导干部和高级知识分子也都在看网络小说,更有趣的是,网络文学的海外传播成为事实和热点,通过网络文学网站的翻译和图书的出版,遍及北美、俄罗斯、东南亚、欧洲等。2016年我到欧洲进行了两次与网络文学相关的学术会议,做交流、宣讲,一次在瑞士的日内瓦大学,一次在法国的巴黎七大(狄德罗大学)。我很高兴,海外的汉学家打破了很多的文学观壁垒,与我们就网络文学发展情况和如何研究网络文学等加以探讨。

这个过程中我提出了一个核心概念,得到了大家的鼓励,就是网络文学是"中华性"在文学艺术中的一种体现。网络小说,以及由它改编的影视、游戏和动漫,不少精品之作是富含中华性的,就是中国人归根到底是中国人的那些价值观、人文特征和审美意蕴;当然,我们也同时是全球化中的中国人,是百年历史中的中国人，是五四和新世纪、新时代的中国人。中国人身上的基因我们忘不了。为什么中国人会对中国式的故事那么迷恋？为什么会对儒释道仍然有一种内心的皈依？为什么对中医中药、汉服、古典音乐都有各种各样的转化和传承？我认为这是中华性在起作用。

　　我还要举例四位浙江人，以为网络文学在浙江的文脉接续。在 20 世纪五六十年代成名成家的有一批通俗小说大家——金庸，浙江海宁人；高阳，浙江杭州人；亦舒和倪匡（卫斯理）是兄妹，祖籍是浙江镇海。所以五四新文学，除了以鲁迅、茅盾、徐志摩、丰子恺、戴望舒、穆旦等这样一大批作家引领的一条路，还有一条以金庸、高阳、亦舒、倪匡所引领的，富有可读性、通俗性和中华性的文脉存在。我相信网络文学继承发扬了这一文脉，也是能够做出了不起的业绩来的。所以我说，做好网络文艺评论，是介入时代社会文化前沿的崭新工作，也是文艺工作手臂向基层延伸的必要保障。

　　最后，我有一个新的感觉，在这个快速迭代与互联互通的全球化、国际化的新时代,评论家以其识见、判断力、知识谱系有可能还会转化或者增加一批人去做一个全新的事情,这就是文化智库。这既是党委政府的需要,也是产业行业的需要,甚至还是读者的需要。

在我做文学评论家的 20 余年当中,包括做网络文学研究和组织的 10 余年当中,我收获的最大的启示就是,要有大局观,看准对的事,不要管暂时的环境是顺还是逆,即便没有条件,你觉得是对的,你觉得是好的,就要勇于行动,去拥抱当下和未来。

我有这样几句话与各位共勉:不忘初心,砥砺奋进。路漫漫其修远兮,我辈修辞立其诚! 无论我们怎样"为艺术",琢磨文艺的形式,最终的目的要"立其诚"。我们应该努力用文艺的方式建设一个诚信的时代、美好的时代、真实的时代。

谢谢大家。